Armin Niederhäuser

Leggings, Punks und Zauberwürfel

Das Buch

Die 80er Jahre.

Es war die Zeit vor Google und Co.

Für Liedtexte zu bekommen gab es zwei Möglichkeiten:

a) TOP-SCHLAGERTEXTHEFT (zeitweise mit Autogrammkarte WOW!), oder

b) DIE MUNDORGEL (für die Hartgesottenen, die gerne Wanderlieder oder Ähnliches sangen), natürlich im praktischen Hosentaschenformat und knallrot.

1985: Hamburg, Hafenstraße.

Claudia sucht mit Uwe und Frank nach Michael, der seit dem Zeltlager von 1980 verschwunden ist.

Nicht nur die Punks der Hafenstraße bringen sie in Gefahr, sie muss sich auch zwischen Uwe und Frank entscheiden.

Welche Verbindung gibt es zwischen Frank und Michael, die sich so ähnlichsehen?

Warum ist Michael damals spurlos verschwunden?

Eine Geschichte aus den 80ern. Gespickt mit vielen Eigenarten dieses Jahrzehnts.

Der Autor

Armin Niederhäuser,

wohnt mit seiner Frau, Kindern und Hund im schönen Westerwald.

Nach diversen Teilnahmen an Wettbewerben ist eine Kurzgeschichte für Kinder in einer Anthologie erschienen.

Außerdem schreibt er lokale Kurzkrimis.

Sein Buch: „Ost, West, Tod", ist als personalisierbarer Roman, bei PersonalNOVEL erhältlich.

Weitere Infos: www.arnied.jimdo.com

Armin Niederhäuser

Leggings, Punks und Zauberwürfel

Roman

TWENTYSIX – Der Self-Publishing-Verlag
Eine Kooperation zwischen der Verlagsgruppe Random House und
BoD – Books on Demand

© 2017 Armin Niederhäuser

Herstellung und Verlag:
BoD – Books on Demand, Norderstedt

ISBN: 978-3-740-73480-0

Inhaltsverzeichnis

Für alle Veteranen und Fans der 80er Jahre

Some are like water, some are like the heat
Some are a melody and some are the beat
Sooner or later they all will be gone
Why don't they stay young?

(Alphaville: Forever young)

1985: Hamburg

Sie schreckte mitten im Schlaf auf und brauchte einige Sekunden um sich zu orientieren.

Die fremde Stadt.

Das Hotelbett.

Der Freund im Krankenhaus.

Der Schlafende neben ihr, der eigentlich ihr Freund sein sollte, es aber nicht war.

Sie beobachtete ihn, wie er so friedlich schlief.

Sollte sie sich schämen für gestern Abend?

„I know this much is true"

Die Erinnerungen kamen hoch, spülten Gedankensplitter an die Oberfläche ihres Bewusstseins.

Alles begann mit dem Zeltlager vor fünf Jahren; dann die Suche nach der Wahrheit, die sie hierhin geführt hatte.

Und jetzt, so kurz vor dem Ziel, schien alles zusammenzubrechen. Die Messerattacke des Punks hatte sie zutiefst erschreckt.

Sie wälzte sich auf die andere Seite.

„I know this much is true"

Das Lied klang immer noch in ihren Ohren.

Nach einer halben Stunde schlief Claudia endlich wieder ein.

1980: Zeltlager

„Claudia!", dröhnte die Stimme ihres Vaters durch das Haus. „Kommst du mal bitte runter in die Küche? Frau Schmidt ist da!"

Was will die denn hier?, schoss es Claudia durch den Kopf. Heute ist doch nicht Montag.

Montags traf sich der Bibelkreis von Steintal, dem Berta Schmidt und ihre Eltern angehörten, im Wohnzimmer. Aber heute war definitiv Freitag. Seufzend klappte sie das Buch zu und legte es nebenhin. John Travolta und Olivia Newton-John sahen sie mitfühlend an.

„Ich muss mal neue Poster aufhängen", sagte Claudia zu sich selbst. Immerhin hing das Plakat aus dem Film „Grease" schon über ein Jahr in ihrem Jugendzimmer.

„Ich komme gleich!", rief sie nach unten und streckte sich auf ihrem Bett aus. Die Hitze war unerträglich; besonders hier oben unter dem Dach. Selbst ihr Hund Wolli war unten geblieben und lag nicht wie immer neben ihr.

Nur mit Unterwäsche bekleidet, so wie sie auf dem Bett gelegen hatte, wollte sie natürlich nicht in der Küche erscheinen.

Claudia setzte sich auf und zog sich an. Dabei achtete sie kaum noch auf die Dachschrägen, an denen sie sich vor einiger Zeit noch den Kopf gestoßen hatte; mittlerweile hatte sie sich an das Zimmer gewöhnt. Manchmal allerdings dachte sie wehmütig an ihr altes Kinderzimmer im Erdgeschoss zurück, welches dem Ausbau der Backstube zum Opfer gefallen war.

„Wir müssen modernisieren", hatte ihr Vater, Bäckermeister Jürgen Simon, damals zu ihr gesagt. „Ich werde schon eine Lösung für dich finden."

Die Lösung war der Ausbau des Dachgeschosses. Etwas kleiner als ihr altes Zimmer, aber dafür gemütlicher - die schrägen Wände hatten etwas. Besonders liebte sie den Blick durch das Dachfenster auf den nächtlichen Sternenhimmel.

„Kommst du?" Diesmal war es ihre Mutter, die rief.

„Sofort", antwortete Claudia und betrachtete sich kurz im Spiegel. Mit ihren langen, blonden, dauergewellten Haaren, sah sie fast so aus wie ihr Idol aus Grease auf dem Plakat; nur das sie erst fünfzehn war und noch keinem John Travolta begegnet war.

Gutgelaunt rannte sie die Treppe runter.

Der Hund stand im Flur und erwartete sie mit freudigem Schwanzwedeln.

„Na Wolli, weißt du, was es so dringendes gibt bei der Hitze?"

Wollis Antwort bestand aus zwei kurzen Bellern. Claudia streichelte den Hund und ging dann mutig, trotz ihrer unheilvollen Vorahnung, in die Küche.

Zu viert saßen sie am Küchentisch. Auf der geblümten Wachstischdecke stand ein Körbchen mit Teilchen - natürlich eigene Erzeugnisse aus der Bäckerei Simon. An dem langen Ende des Tisches saßen ihre Eltern; am rechten Kopfende hatte Frau Schmidt, die gerade ihren Kaffee schlürfte, platzgenommen. Ihren Eltern gegenüber saß ein schwarzhaariges Mädchen, das Claudia noch nie gesehen hatte und zu allem Überfluss auch noch eine Gitarre festhielt.

„Hallo Claudia. Schön dich zu sehen. Setz dich doch", flötete Frau Schmidt. Ihre krächzende Stimme allein erzeugte regelmäßig eine Gänsehaut bei Claudia.

Notgedrungen setzte sie sich neben das fremde Mädchen und setzte ihr Sonntagskirchgangslächeln auf.

„Das ist meine Nichte Jutta", fuhr Frau Schmidt fort. „Sie ist auch vierzehn wie du und wird mit dir ins Zeltlager der katholischen Jugend fahren."

„Aber ich dachte ...", stieß Claudia hervor. Ihr Stimmungspegel sank rapide ab.

„Es sind doch noch zwei Plätze frei geworden." Frau Schmidt lächelte sie an. „Da hab ich euch beide gleich angemeldet. Ist das nicht toll?"

Claudias Blick ging zu ihrem Vater - der erwartungsgemäß keine Miene verzog. Dann zu ihrer Mutter - die wenigstens etwas Mitleid erkennen ließ.

„Aber das Beste kommt noch. Ich werde als Betreuerin mitfahren", verkündete Frau Schmidt, nahm sich einen Amerikaner aus dem Körbchen und biss genussvoll in die weiße Hälfte.

„Mama! Du hast doch gesagt ich brauch da nicht mitfahren."

„Ja, ich weiß", antwortete Claudias Mutter. „Aber dein Vater hat sich doch noch anders entschieden."

Und was ein Meister entscheidet - auch wenn es nur ein Bäckermeister ist - wird gemacht, dachte Claudia. Doch als Protest brachte sie nur ein lautes: „Papa!", heraus.

„Das wird dir guttun. Außerdem wirst du dich mit Bertas Nichte bestimmt gut verstehen", meinte ihr Vater.

Berta! Claudia schüttelte sich innerlich. Frau Schmidt hatte tatsächlich einen Vornamen!

Sie hasste es, wenn sich ältere Menschen - und dafür hielt sie alle Personen jenseits der dreißig - mit ihrem Vornamen anredeten. Solche Vertraulichkeiten durfte es nur unter Jugendlichen geben. Die Oldtimer sollten sich gefälligst mit Herr Sowieso und Frau Sowieso anreden.

„Jutta. Spiel uns doch noch einmal das Lied vor", forderte „Berta" Schmidt ihre Nichte mit einem kurzen Augenblinzeln auf.

Das Mädchen räusperte sich, nahm die Gitarre und zupfte die ersten Saiten an.

Jetzt bitte kein Kirchenlied, dachte Claudia inbrünstig.

Ihr Wunschgedanke wurde erhört, aber dieses Stück war auch nicht viel besser.

„Ein Herz für Kinder sollten alle haben", trällerte Jutta den Titelsong der BILDZEITUNG - Spendenaktion, deren Aufkleber mit dem roten Herzen in letzter Zeit auf jedem Auto zu finden waren.

Glücklicherweise dauerte sie Darbietung nur eine Minute, da Jutta einen Texthänger hatte. Einen besonders fröhlichen Eindruck hatte sie während des Gesinges nicht gemacht.

„Singt sie nicht wie die Andrea Jürgens, Maria?", fragte Frau Schmidt Claudias Mutter.

Claudia sah, wie ihre Mutter eine Sekunde lang versuchte sich das Lachen zu verkneifen. Dann fing sie sich und meinte nur: „Stimmt".

„Das musst du aber noch üben bis nächste Woche", forderte ihre Tante Jutta auf. „Wir wollen nämlich im Ferienlager einen Singwettbewerb machen", erklärte „Berta".

„Ja, ja", antwortete Jutta und zog die Augenbrauen hoch. Das kann ja heiter werden.

Claudia startete einen neuen Versuch, um das drohende Unheil abzuwenden.

„Mama, du wolltest doch mit mir nächste Woche zur Oma fahren", sagte sie vorwurfsvoll.

Bevor ihre Mutter antworten konnte, schaltete sich ihr Vater ein.

„Deine Mutter muss mir im Verkauf aushelfen. Gestern hat sich eine Verkäuferin krankgemeldet", erklärte er.

Ihr Vater kannte nur Arbeit. An einen gemeinsamen Urlaub war überhaupt nicht zu denken - und jetzt versaute er ihr auch noch die Ferien. Maria Simon zuckte mit den Schultern.

„Kann ich nicht auch hierbleiben?", fragte Claudia zaghaft.

„Du gehst schon nicht mehr in die Kolpingjugend und willst sonntags nicht mit uns in die Kirche. Da ist es bestimmt nicht zu viel verlangt, wenn du einmal im Jahr etwas christliche Erbauung erfährst", polterte ihr Vater mit hochrotem Kopf. Bei diesem Thema konnte er sich in Rage reden. Er selbst hatte eine strengkatholische Erziehung genossen und versuchte diese jetzt an seine Tochter weiterzugeben.

„Ist ja schon gut", antwortete Claudia, da sie genau wusste, dass sie diese Schlacht verloren hatte. „Wann geht`s denn los?"

Berta schluckte den letzten Bissen des Amerikaners herunter. „Morgen früh um sechs Uhr", verkündete sie freudenstrahlend. „Deshalb bin ich ja so froh, dass es noch geklappt hat, euch beide mitzunehmen."

Claudia stand das Entsetzen ins Gesicht geschrieben. Blieb noch eine Frage übrig: „Wie lange bleiben wir dort?"

„Knapp drei Wochen. Ist das nicht toll? Drei Wochen mit Gleichaltrigen singen, basteln, spielen und vieles mehr. Ich hab schon viele interessante Sachen vorbereitet. Ach, ich freu mich ja so für euch. Wenn ich eigene Kinder hätte, würde ich sie auch dorthin schicken.“

Claudia stellte sich gerade diese Kinder von Berta Schmidt vor und bekam Mitleid.

„Ich helfe dir nachher, die Tasche zu packen. Du kannst in der Zwischenzeit mit Jutta noch eine halbe Stunde in dein Zimmer gehen. Wir besprechen hier alles Weitere“, schlug ihre Mutter vor.

Claudia war froh die Küche verlassen zu können. Gefolgt von Jutta mit ihrer Gitarre ging sie die Treppe rauf.

Claudia öffnete die Tür. „Willkommen in meinem Reich!“

Jutta betrat nach ihr das Zimmer, sah sich um, atmete tief durch, legte ihre Gitarre auf das Bett und ließ sich auf den Sitzsack fallen, den Claudia vor fünf Jahren von ihrer Mutter geschenkt bekommen hatte.

„Gottseidank. Eine halbe Stunde Pause von meiner Tante“, seufzte Jutta. Sie streckte die Arme nach oben und ließ den Kopf nach hinten fallen.

„Kann ich mir denken“, bestätigte Claudia. „Muss ja grausam sein mit der den ganzen Tag.“

„Wirst du schon bald selbst mitbekommen im Zeltlager.“ Jutta hob wieder ihren Kopf und sah sich die Poster von Blondie, Abba und Grease an den Wänden an. „Du scheinst ja einen guten Musikgeschmack zu haben“, lobte sie ihre Leidensgenossin.

Claudia war erleichtert. Vorhin, als Jutta „Ein Herz für Kinder“ gesungen hatte, waren ihr schon die schlimmsten Ahnungen gekommen. Doch ein inniger Schlagerfan schien sie nicht zu sein - im Gegenteil.

„Hey, Styx!“, rief Jutta und sprang auf. Sie hatte die Single, die nur den Bandnamen und den Titel auf dem Cover zeigte, auf dem Schreibtisch, zwischen anderen Utensilien, entdeckt.

„Leg ruhig auf“, forderte Claudia sie auf.

Jutta nahm die Platte aus ihrer Hülle und setzte sie auf den Plattenteller. Sie hob den Tonarm ein wenig nach rechts. Die Vinylscheibe begann, sich zu drehen.

Während sich Claudia in den Sitzsack fallen ließ, legte Jutta den Tonarm auf die Single.

„Take me back to my boat on the river", tönte es aus dem roten Plastiklautsprecher, der zu dem ebenfalls roten Plattenspieler gehörte.

„Das Gerät habe ich zu meinem zehnten Geburtstag bekommen. Wenn meine Eltern sich eine neue Stereoanlage kaufen, bekomme ich ihre alte", versuchte Claudia die miserable Tonqualität zu entschuldigen.

„Du hast es gut. Ich hab nur so einen ollen Kassettenrecorder", erwiderte Jutta. Dann sang sie das Lied mit.

Zu Claudias Überraschung klang Juttas Stimme auf einmal wesentlich besser als unten in der Küche. Erleichtert wischte sie sich den Schweiß von der Stirn, der nicht nur entstanden war, weil es hier oben unter dem Dach so heiß war. Mit Jutta als Mitgefangene hatte sie eine Chance das Zeltlager zu überleben.

***

„Lasst uns singen: Danke für diesen guten Morgen." Berta Schmidt verteilte mit ihrer unerträglichen Fröhlichkeit kleine, rote Texthefte aus: DIE MUNDORGEL. Bekannt, geliebt und gefürchtet.

Claudia tendierte eher zu der letzteren Kategorie. Sie bekam beim Anblick der MUNDORGEL ein flaues Gefühl im Magen; besonders morgens um halb sieben im Bus. Nur dunkel erinnerte sie sich an die Zeit, als sie dieses Heft geliebt hatte; man wurde ja schließlich auch älter.

Jutta saß neben ihr, genauso verschlafen.

„Leider ist an Juttas Gitarre eine Saite gerissen, sodass wir ohne Begleitung singen müssen", bedauerte Frau Schmidt. „Aber es wird bestimmt auch so gehen."

Claudia sah, wie Jutta ihr zublinzelte. Die Sache mit der gerissenen Saite hatte sie diesmal gerettet.

Berta stand vorne im Gang und gab den Takt an: „1…, 2…, 3…, 4…: Danke für diesen guten Morgen …"

Jutta und Claudia sangen halbherzig mit. Ein guter Morgen sah in ihren Augen anders aus. Schon beim Einsteigen in den Bus hatten sie sich über ihre Mitfahrer und Mitfahrerinnen, die in der Mehrzahl jünger waren, aufgeregt. Das Gedrängel und die Schubserei um die besten Plätze war schlimmer als im Schulbus.

Endlich war es geschafft. Das Lied war zu Ende; doch Frau Schmidt kannte keine Gnade. Sie blätterte schon wieder in der MUNDORGEL.

„Kann die uns nicht in Ruhe lassen?", zischte Claudia durch die Zähne.

„Was denkst du. Mir geht es schon seit vier Uhr heute Morgen so", beschwerte sich Jutta.

Plötzlich bremste der Bus stark ab. Während die Kinder sich am Vordersitz abfangen konnten, geriet Berta ins Taumeln. Sie ließ das Textheft fallen und versuchte sich mit den jetzt freien Händen irgendwo festzuhalten; doch es misslang. Mit einem lauten Aufschrei fiel sie in den Gang. Einige kicherten.

„Hast du dir wehgetan, Tante Berta?", fragte Jutta.

„Geht schon", antwortete Frau Schmidt und stand wieder auf.

„Sie sollten sich während der Fahrt besser hinsetzen", brummte der Busfahrer. Kurzerhand schaltete er das Radio ein. Sein Verständnis von einem guten Morgen war scheinbar auch ein anderes. Claudias Hoffnung auf gute Musik erfüllte sich allerdings nicht. Der Radiosprecher kündigte gerade den nächsten Titel an: „Freu dich bloß nicht zu früh" von Gitte.

„Wie passend", fand Claudia.

***

Der Rest der achtstündigen Fahrt verlief ohne größere Zwischenfälle, wenn man von einigen Gesangsstücken aus der MUNDORGEL absah. Da Frau Schmidt jetzt auf ihrem

Platz sitzen blieb, konnte sie nicht sehen, dass Claudia und Jutta nicht mitsangen.

Endlich erreichte der Bus das Zeltlager. Auf einer Wiese standen Dutzende von großen Zelten. Weiter hinten konnte man einige Holzhäuser erkennen. Dort befanden sich die Waschräume, Toiletten und die Unterkünfte der Betreuer. Noch weiter hinten waren die Berge zu erkennen, die sich majestätisch am Horizont abzeichneten.

„Ist doch ganz schön hier", behauptete Jutta, die sich mittlerweile mit ihrem Schicksal angefreundet hatte. Die Beiden schlenderten als die Letzten der Gruppe mit ihren Reisetaschen den Anderen hinterher.

„Na ja, ich war vor ein paar Jahren schon mal hier. Da hat es mir auch noch ganz gut gefallen", erwiderte Claudia.

Aber damals war ich kleiner. Wenn ich jetzt an die Spiele denke, die wir gemacht haben, kommt mir alles sehr kindisch vor, fügte sie in Gedanken hinzu.

„Jutta!", rief Berta, die mit den anderen Betreuerinnen schon vor dem Gruppenzelt der Mädchen angekommen war. „Könnt ihr euch nicht etwas beeilen? Der Lagerleiter möchte seine Begrüßungsrede halten."

„Wir kommen ja schon!", rief Jutta zurück, die außer ihrer Tasche auch noch die Gitarre schleppen musste.

„Soll ich euch helfen?"

Eine Gruppe von drei Jungen hatte sie überholt. Der Größte von ihnen bot seine Hilfe an.

„Nein danke. Wir schaffen das schon alleine. Ist ja nicht mehr weit", lehnte Jutta ab.

„Na gut. Wenn die Ladys uns mal besuchen wollen; wir sind im Zelt sieben zu finden", sagte der Große und sah Claudia direkt in die Augen.

So schnell, wie die Jungs erschienen waren, verschwanden sie auch wieder in die entgegengesetzte Richtung.

„Hey, hier gibt es ja sogar Jungs in unserem Alter", freute sich Jutta. „Und sogar ganz hübsche. Oder was denkst du, Claudia?"

Die Angesprochene stand reglos da.

„Claudia?"

„Einen Moment dachte ich, es wäre Frank", murmelte sie.

„Was für ein Frank?"

„Frank Soltau. Ein Klassenkamerad von mir. Sieht genauso aus, und seine Stimme hört sich auch so ähnlich an. Frank ist allerdings ein Idiot und hat nicht so ein gutes Benehmen wie der Typ von eben", führte Claudia aus.

„Kommt schon mal vor, dass sich Leute ähnlich sehen. Auf jeden Fall sollten wir dem Zelt Nummer sieben einmal einen Besuch abstatten", schlug Jutta augenzwinkernd vor.

***

„Herzlich willkommen im Zeltlager Frühtau", begrüßte der Lagerleiter die Neuankömmlinge. Er stand vor den zwei Zelten der Gruppe aus Steintal. Zwischen den Betreuern und Betreuerinnen, die ihn alle um eine Kopflänge überragten, sah er ziemlich mickrig aus. Dafür reichte sein Bauchumfang für Zwei.

„Diese zwei Großzelte, Nummer eins und Nummer zwei, sind für euch", erklärte er und zeigte mit seinen Daumen nach hinten. „Nummer eins für die Mädchen und Nummer zwei für die Jungen. Gegenseitige Besuche sind nur mit der Genehmigung eurer Betreuer erlaubt. Zuwiderhandlungen werden mit der sofortigen Heimreise geahndet."

„Mein Gott hat der einen Ton drauf. Redet wie ein Richter. Die Lagerleiterin von damals war aber netter", flüsterte Claudia und wischte sich den Schweiß von der Stirn. Zwar standen auch einige Bäume auf der Wiese die Schatten spendeten, aber nicht in der Nähe ihrer Zelte.

„Das kann schwierig werden, mit einem Besuch von Zelt sieben", vermutete Jutta.

Währenddessen redete der Lagerleiter weiter. Mit einem militärischen Tonfall erklärte er die Lagerregeln.

„Ich glaube deiner Tante gefällt der kleine Dicke", sagte Claudia leise. Ihr war der verträumte Blick, den Frau Schmidt dem Leiter zuwarf, aufgefallen.

„Tante Berta sucht immer noch einen Mann fürs Leben", raunte Jutta. „Und soviel ich weiß, steht sie auf Männer mit militärischer Disziplin."

Der Lagerleiter war am Ende seiner Rede angekommen. „So, nun bitte ich einen Betreuer und eine Betreuerin mir zu folgen, damit ich ihnen die Unterkünfte der Unteroffiziere - äh Pardon, Betreuer - zeigen kann."

Berta Schmidt war natürlich die Erste, die dem kleinen Mann hinterherlief, der mit zackigem Schritt auf die Holzhäuser der Betreuer zumarschierte.

„Scheint ein pensionierter General oder so etwas zu sein", vermutete Jutta und folgte ihrer Freundin ins Zelt.

In dem Zelt standen an den langen Seiten jeweils fünf Etagenbetten für zwei Personen; daneben ein Schrank. In der Mitte des Zelts stand noch ein langer Tisch mit Stühlen.

Das war´s.

„Sehr gemütlich", meinte Jutta, ließ ihre Tasche fallen und warf die Gitarre auf das obere Bett. „Ich schlaf oben, wenn du nichts dagegen hast."

„Schon okay", antwortete Claudia und setzte sich auf das untere Bett. Ihre Gedanken waren noch bei dem Jungen, der Frank Soltau so ähnlich gesehen hatte. Gut, Frank war ein Arsch; sah aber gut aus. Und wenn dieser Typ von vorhin wirklich so nett war, wie es den Anschein hatte, dann …

„Träumst du? Willst du nicht deine Schrankseite einräumen?"

Juttas Frage riss sie aus ihren Überlegungen. Ungewollt schoss ihr das Blut in den Kopf.

Jutta sah ihrer Freundin ins knallrote Gesicht. „Steigt dir die Hitze zu Kopf, oder denkst du an die Jungs von eben?", traf sie den Nagel auf den Kopf.

„Hitze", murmelte Claudia und beeilte sich mit dem Schrankeinräumen. Nur raus aus diesem stickigen Zelt. Ich brauch frische Luft, dachte sie.

***

Der folgende Tag sollte mit einem gemeinsamen Frühstück beginnen.

„Ich hoffe wir treffen die Typen von gestern wieder", sagte Jutta und warf sich das Handtuch über die Schulter. Die Beiden waren gerade auf dem Weg vom Waschraum zurück zu ihrem Zelt.

„Bestimmt", behauptete Claudia. „Das Essen findet immer zur gleichen Zeit für alle Gruppen im Zelt Nummer zehn statt. Das ist das Große in der Mitte."

„Jutta. Claudia. Da seid ihr ja endlich!"

Am Eingang des Zeltes stand Frau Schmidt; fertig geduscht und gestylt. Claudia fragte sich kurz, warum man sich in einem Zeltlager so stark schminken musste. Dann fiel ihr der Lagergeneral wieder ein.

„Guten Morgen, Tante Berta", erwiderte Jutta übertrieben freundlich.

„Ja, ja. Guten Morgen. Ich warte schon einige Zeit auf euch. Da ihr die ältesten aus der Mädchengruppe seid, sollt ihr die Gruppe zum Essenzelt und wieder zurückführen. Außerdem müsst ihr für einen reibungslosen Ablauf beim Essen sorgen und euch um den Spüldienst kümmern."

„Soweit ich mich zurückerinnern kann, haben das früher die Betreuer selbst gemacht", beschwerte sich Claudia.

„Wir wollen dieses Jahr einen Versuch starten, den Älteren mehr Verantwortung zu geben. Ich hab alles mit den anderen Betreuern abgesprochen." Ruckartig blickte sie auf ihre Armbanduhr. „Aber jetzt entschuldigt mich, Kinder. Die Anderen sind schon im Essenszelt."

Berta Schmidt drehte sich um. Mit schnellen, hüpfenden Schritten entfernte sie sich.

„Der General", sprach Jutta Claudias Gedanken aus.

„Und wir müssen leiden", kommentierte Claudia.

Missmutig sammelten sie die Mädchenhorde ein und führten sie zum Essenszelt. Jedes Zelt hatte dort seinen eigenen, nummerierten Tisch.

Schon vom Eingang aus hielten die zwei Mädchen nicht nur nach ihrem Tisch, sondern auch nach dem Tisch von Zelt Nummer Sieben Ausschau.

Jutta stieß Claudia an, nickte mit dem Kopf nach recht und flüsterte: „Da hinten."

Claudias Blick ging in die angezeigte Richtung. Tisch sieben stand am Ende des Zeltes. Dann sah sie ihn; die Ähnlichkeit mit Frank Soltau war wirklich verblüffend.

„Schade", meinte Jutta. "Unser Tisch ist da." Dabei zeigte sie auf einen leeren Tisch, der in der Mitte stand.

Während sie mit ihrer Gruppe an der Essensausgabe standen, sah sich Claudia nach den Betreuern um. „Schau mal. Sehr glücklich sieht deine Tante nicht aus."

Tante Berta saß mit den anderen Betreuern aus Steintal am Tisch des Lagerleiters - allerdings drei Plätze von dem General entfernt. Lustlos biss sie in ihr Brötchen.

„Wahrscheinlich gibt sie uns die Schuld, dass die Plätze neben dem Leiter schon besetzt waren", vermutete Jutta.

Zum Frühstück gab es zwei Brötchen mit Marmelade, Käse oder Wurst. Papas Brötchen schmecken besser, dachte Claudia mit Wehmut. Sie hatte schon jetzt ein kleines bisschen Heimweh; was sie natürlich nie zugeben würde.

**

„Alle mal herhören!" Der General hatte sein Frühstück beendet und stand vor der Essensausgabe. Sofort kehrte Ruhe ein.

„Morgenappell", raunte Claudia und schluckte ihren letzten Bissen hinunter.

„Ich möchte hier noch einmal die Gruppe aus Steintal begrüßen und freue mich auf die nächsten drei Wochen mit euch. Damit ihr das Ferienlager und seine Umgebung richtig kennenlernen könnt, hat die Gruppe aus Bochum einiges für euch vorbereitet. Treffpunkt vor dem Essenszelt um Punkt 8.30 Uhr."

Kurz, knapp, präzise; genauso schritt der Lagerleiter anschließend aus dem Zelt.

Jutta schaute auf ihre Uhr. „Zehn Minuten. Wir sollten uns beeilen."

Schnell teilten sie zwei Mädchen für den Spüldienst ein, räumten den Tisch ab und standen um 8.28 Uhr vor dem Zelt.

Es hatten sich schon alle Jungs und Mädchen aus Steintal versammelt. Außerdem stand dort die Gruppe aus Bochum, die ebenfalls aus zwanzig Mädchen und zwanzig Jungen im Alter von zehn bis fünfzehn Jahren bestand.

„Da ist dein Frank."

„Er sieht ihm nur ähnlich", raunte Claudia zurück. Sie hatte den Jungen auch schon bemerkt, der ihr gerade zulächelte.

Ein Betreuer der Bochumer Gruppe ergriff das Wort.

„Auch von mir ein herzliches Willkommen im Ferienlager Frühtau. Wir sind schon seit einer Woche hier, möchten euch das Umfeld des Lagers zeigen und ein paar Spiele mit euch machen. Ich hoffe ihr habt alle feste Schuhe an, denn zuerst wollen wir den Aussichtsturm auf dem Rotberg erklimmen."

„Wir schon. Aber ich glaube Tante Berta wird einige Probleme bekommen", meinte Jutta leise.

Claudia schaute auf die Füße von Frau Schmidt, die zwei Meter von ihr entfernt stand. Die leichten Espandrillos, die sie dort sah, waren gewiss nicht für einen Bergaufstieg geeignet; was Berta aber nicht weiter zu stören schien. Sie himmelte immer noch den General an, der in voller Wandermontur neben dem Sprecher der Bochumer stand.

„Guten Morgen. Gibt es was Interessantes dort unten zu sehen?"

Claudias Kopf ruckte nach oben. Von ihr unbemerkt hatte sich der Junge von gestern neben sie gestellt.

„Hallo", sagte Claudia, bemüht die aufsteigende Gesichtsröte zu unterdrücken. Verdammt, gerade jetzt fällt mir nichts Sinnvolles ein.

„Ich bin Michael. Michael Kohn", befreite sie der Bochumer aus ihrer Sprachlosigkeit. „Und mein Freund dort heißt Klaus Müller", stellte er jetzt auch seinen Kumpel vor, der seine Hand zur Begrüßung ausstreckte. Claudia gab erst

Klaus, und dann Michael die Hand. Beim näheren Hinsehen bemerkte sie die Narbe an Michaels Nasenwurzel. Diese Narbe und die Frisur waren die einzigen Unterschiede zwischen ihm und Frank Soltau.

„Dürfen wir auch eure Namen erfahren?", riss sie Michael aus ihren Gedanken.

Bevor Claudia antworten konnte, stellte Jutta sie vor.

„Schön Gleichaltrige kennenzulernen," sagte Michael freudenstrahlend. „Die meisten hier im Camp sind Kinder."

Inzwischen hatte sich die Gruppe der Bochumer und Steintaler in Bewegung gesetzt. Auf dem Weg zum Aussichtsturm auf dem Rotberg unterhielten sich die Jugendlichen über ihre Familien, Freunde und über die Schule.

„Übrigens. Kennst du einen Frank Soltau? Claudia meint, dass du ihm ähnlich siehst."

Claudias Blick sprach Bände. Ich hätte ihn schon selbst gefragt!

„Aus Steintal? Nee, kenn ich nicht. Wird mein Doppelgänger sein", lachte Michael und sah Claudia mit seinen dunklen, schwarzen Augen an.

Trotzdem, er sieht aus wie Frank, dachte sie und bemerkte ein seltsames Kribbeln im Bauch. Das gleiche Kribbeln hatte ich auch schon einmal bei Frank …

Claudia unterbrach ihren eigenen Gedankengang. Warum musste sie ständig an diesen Idioten denken? Ab jetzt würde sie sich auf Michael konzentrieren. Dessen Benehmen war tausendmal besser.

Der Weg zum Aussichtsturm wurde stetig steiler und die Jugendlichen überholten einige Kinder, die immer langsamer wurden. Es war zwar nicht mehr so heiß wie gestern, aber so einen strammen Marsch waren viele nicht gewohnt.

„Halt!" Die befehlsgewohnte Stimme des Generals übertönte alle Unterhaltungen. „Pause!", rief er.

Weiter vorne musste etwas passiert sein. An einer Stelle ballten sich die Kinder und die Betreuer. Claudia, Jutta, Michael und Klaus kämpften sich vor.

„Tante Berta!", rief Jutta. Frau Schmidt saß auf dem Waldboden und verdrehte die Augen. Ihre rechte Fußsohle blutete. Die Espandrillos lagen am Wegesrand. Überhaupt sahen ihre Füße sehr geschunden aus.

„Wie kann man nur mit solch einem Schuhwerk wandern gehen!", schrie der Lagerleiter. „Am liebsten würde ich Sie heimschicken, wenn ich könnte!"

Der General schimpfte immer weiter, sodass selbst Claudia auf einmal Mitleid mit Frau Schmidt bekam. Nur Michael traute sich und fiel ihm ins Wort. „Haben sie kein Verbandszeug dabei? Sie sehen doch, dass die Frau in eine Glasscherbe getreten ist."

Der Gefühlsausbruch des Generals fiel in sich zusammen. Einige Verwünschungen murmelnd öffnete er seinen Rucksack, holte ein Verbandspäckchen hervor und fing an die Wunde von Berta zu versorgen.

Michael stieg auf Claudias Bewunderungsskala um drei Punkte. „Toll, dass du dich als einziger getraut hast, etwas zu sagen."

„Mein Vater hat auch öfter solche Anfälle und meint er müsse die Leute runtermachen", zuckte Michael mit den Schultern. „Außerdem kenne ich den Lagerleiter. Er war früher ein Vorgesetzter meines Vaters bei der Bundeswehr."

„General", sprachen Jutta und Claudia gleichzeitig ihre Gedanken aus.

Klaus kratzte sich am Kopf. „War der echt mal General?", fragte er irritiert.

„Nee. Nur Hauptmann. Aber dem Benehmen nach, könnte man manchmal wirklich meinen er wäre General", erklärte Michael.

Nachdem der Fuß verbunden war, ging die Wanderung weiter. Berta blieb auf der Stelle sitzen und wartete mit Jutta als moralische Unterstützung auf den Rückmarsch. „Ich glaube der Lagerleiter kann mich nicht leiden", jammerte sie.

„Das wird schon wieder", versuchte ihre Nichte sie zu trösten. Sie konnte ja nicht ahnen, dass es noch schlimmer kommen sollte.

∗∗∗

Am Nachmittag stand ein Besuch des nahegelegenen Badesees auf dem Programm. Michael hatte für alle Vier eine große Decke ausgebreitet. Während Claudia und Michael um die Wette schwammen, blieben Jutta und Klaus noch am Ufer sitzen.

„Ich glaube Claudia steht auf deinen Freund." Jutta wollte den Augenblick nutzen, um mit Klaus über die Beiden zu quatschen.

„Mag sein", brummelte er.

„Was ist los? Bist du sauer oder so?" Jutta war seine schlechte Laune schon vor einiger Zeit aufgefallen.

„Nix is los."

„Na komm schon. Lass dir nicht die Würmer aus der Nase ziehen."

„Verdammt noch mal. Seit ihr hier seid, bin ich abgeschrieben", platze es aus Klaus heraus. „Sonst haben wir immer zusammen allen Scheiß gemacht. Verstehst du?"

„Uns hindert doch keiner daran, dass wir alle Vier Spaß haben. Komm mit." Jutta stand auf, griff nach seiner Hand und zog Klaus nach oben. Seine düstere Miene hellte sich auf und er lief mit Jutta ins Wasser.

Zusammen mit Michael und Claudia tobten sie im See.

Claudia war jetzt doch froh, dass ihre Eltern sie in dieses Zeltlager geschickt hatten. Eigentlich müsste sie sich ja bei Frau Schmidt bedanken. Sie nahm sich vor, das später nachzuholen.

„Hey, spinnst du?", rief Michael.

Claudia sah, wie eine Badehose in hohem Bogen ans Ufer flog.

Klaus grinste. „Revanche. Für letztes Mal im Schwimmbad. Weißt du noch?"

„Idiot", gab Michael grinsend zurück. Ohne Zögern ging er aus dem Wasser.

Claudia wurde wieder rot. Ihr Blick blieb aber auf Michaels Rückansicht hängen. Auf seinem Hintern war rechts ziemlich deutlich ein Stern zu sehen.

„Ist das ein Tattoo?", fragte Jutta unbefangen, nachdem Michael sich wieder die Badehose angezogen und zu ihnen zurück in den See gegangen war. Claudia hätte sich nie getraut, so eine Frage zustellen.

„Muttermal", antwortete Michael knapp. Damit war das Thema für ihn erledigt.

***

Die nächsten Tage verliefen ziemlich frustrierend für Claudia. Die Gruppe aus Steintal blieb unter sich und hatte kaum Kontakt zu den Bochumern. Abends traf sie sich mit Michael trotzdem heimlich außerhalb der Zelte.

„Ich bin traurig." Claudia lag im Gras und sah zum Sternenhimmel.

„Ich werde dir schreiben und wir können telefonieren", erwiderte Michael.

Morgen würde ihr letzter gemeinsamer Tag im Lager sein.

„Das ist nicht dasselbe. Ohne dich wird es hier langweilig."

Michael setze sich auf. „Komm. Freu dich lieber auf Morgen."

„Schwacher Trost", meinte Claudia, setzte sich ebenfalls auf, und lehnte sich an Michael.

Morgen Abend sollte eine große Abschiedsfeier für die Bochumer stattfinden. Alle Lagergruppen waren dazu eingeladen.

„Weißt du eigentlich, was morgen noch ist?" fragte Michael.

Claudia verneinte.

„Mein sechzehnter Geburtstag."

„Ehrlich?" Claudia sah Michael in die Augen.

Ein herrliches Kribbeln breitete sich über ihren ganzen Körper aus. Ihre Gesichter waren sich so nah wie nie zuvor.

Jeden Moment wird er mich küssen, dachte Claudia mit Freude und Angst gleichzeitig. Ihre Augen gingen zu. Ihr Mund erwartete den seinen und dann …

„Claudia!"

Claudia öffnete die Augen. Michaels Gesicht war wieder einige Zentimeter von ihrem weggerückt.

Der gedämpfte Ruf kam von Jutta, die schnell zu ihnen gelaufen kam. „Tante Berta kam eben noch einmal in unser Zelt, um nach dem Rechten zu schauen. Ich hab ihr gesagt du seist auf der Toilette. Ich würde dich abholen."

„Mist. Schon so spät?", fluchte Michael nach einem Blick auf seine Armbanduhr. „Bis morgen dann." Schnell stand er auf und lief in sein Zelt.

„Konntest du nicht einen Moment später kommen?", fragte Claudia vorwurfsvoll. Der erste Kuss würde noch warten müssen.

Hoffentlich nur bis morgen!

1980: Geburtstag

„Zum Geburtstag viel Glück. Zum Geburtstag viel Glück."

Das ganze Essenszelt sang mit. Jutta spielte Gitarre.

Zur Feier des Tages, und weil heute der letzte Tag der Bochumer war, durften Claudia und Jutta mit ihnen am Tisch sitzen.

Alle klatschten. Michael stand auf und bedankte sich. Das Frühstück war gerade beendet. Die Meisten standen auf und brachten ihre Teller und Messer zum Spüldienst.

„Mach doch mal auf." Claudia zeigte auf das Päckchen seiner Eltern, das vor Michael lag. Der Lagerleiter hatte es ihm vor dem Frühstück überreicht.

„Find ich Klasse, dass sie dir ein Geburtstagsgeschenk schicken, obwohl wir morgen sowieso nachhause kommen" sagte Klaus und schlug seinem Freund auf die Schulter.

Michael öffnete das Päckchen. Obenauf lag ein Brief, darunter war etwas mit Zeitungspapier als Dämpfung eingepackt. Er nahm den Brief und fing an zu lesen.

„Darf ich?", fragte Klaus, der seine Hände schon nach dem Päckchen ausgestreckt hatte.

„Ja, ja." Der Brief schien schlechte Neuigkeiten zu enthalten; Michaels Augen waren starr auf das Papier gerichtet, während Klaus das Geschenk aus dem Päckchen beförderte.

Zum Vorschein kam ein Zauberwürfel.

Seit letztem Monat besaß Claudias Mathelehrer so ein Ding und versuchte die einzelnen Steine wieder in die richtige Position zu drehen, sodass einfarbige Flächen entstanden. Nach ihrem Wissen war ihm das noch nicht gelungen.

Doch Michael hatte nur Augen für den Brief. „Schon wieder", stöhnte er.

„Was ist los?", fragte Klaus und schob den Würfel zu Claudia.

„Wir ziehen wieder um."

Klaus schluckte. „Aber... aber... ihr seid doch erst letztes Jahr nach Bochum gezogen."

„Wir ziehen ständig um. Solange ich denken kann."
Michael riss den Brief in Fetzen, stand auf und ging.

„Der Würfel!", rief Claudia ihm hinterher.

„Schenk ich dir."

Nachdenklich betrachtete Claudia den Zauberwürfel, der noch in seiner zylindrischen, durchsichtigen Verpackung steckte. „Warte!", rief sie und stand auf.

„Schlechte Idee." Klaus stellte sich ihr in den Weg. „Wenn der sauer ist, kann er sehr ungemütlich werden. Glaub mir. Ich hab da so meine Erfahrungen."

Claudia sah Michael nach, der die Kinder, die ihm im Weg standen, ohne Rücksicht anrempelte.

„Und diesmal scheint er schwer sauer zu sein", kommentierte Klaus. „Er hat mir ja schon immer erzählt, wie oft sein Vater bei der Bundeswehr versetzt wird, dass das aber so schnell geht - damit habe ich nicht gerechnet."

„Das kann ja ein toller Abschiedsabend werden." Claudias Stimmung war auf dem Tiefpunkt gelandet. Sie nahm den Zauberwürfel und ging mit Jutta zurück in ihr Zelt.

***

„Meinst du seine Stimmung ist jetzt besser als heute Morgen?", fragte Jutta ihre Freundin. Sie stand mit Claudia im Waschraum vor einem Spiegel und unternahm gerade die letzten kosmetischen Korrekturen, bevor die Abschiedsfeier in einer Stunde anfangen sollte.

„Ich hoffe", antwortete Claudia. Sie fuhr sich mit einer Bürste durchs Haar. Meine letzte Chance, dachte sie. Wer weiß, ob ich Michael nach dem Lager jemals wiedersehe.

Der erste Kuss eines Jungen, dem sie entgegenfieberte, stand noch aus; abgesehen natürlich von den Kinderküssen im Kindergarten.

„Du scheinst ja ziemlich verknallt in Michael zu sein." Jutta schien ihre Gedanken zu erraten. „Oder ist es nur die Ähnlichkeit zu diesem Frank aus deiner Klasse?"

„An den denk ich doch gar nicht", gab sie ärgerlich zurück. Doch gerade jetzt kam die Erinnerung an diesen arroganten Typen mit seinen tausend Freundinnen in ihr hoch.

„Dafür hast du mir aber viel von ihm erzählt", konterte Jutta.

„Mir geht es um Michael." Claudia schmiss die Bürste in das Waschbecken. „Außerdem: Je länger ich Michael kenne, desto weniger Ähnlichkeit hat er mit Frank."

„Nun sei doch nicht so eingeschnappt", versuchte Jutta ihre Freundin zu beruhigen. Die anderen drei Mädchen, die sich auch noch im Waschraum befanden, schauten zu ihnen herüber; da schien sich ein Streit anzubahnen.

„Lass mich doch in Ruhe!", schrie Claudia, lief ins Freie und atmete tief durch.

Was ist bloß los?, fragte sie sich. Färbt die schlechte Stimmung von Michael jetzt auf mich ab, oder geht es wirklich um Frank?

Wahrscheinlich ist es nur der Gedanke an Michaels Heimreise.

Sie stand noch vor der Tür des Waschraumes, als Jutta zu ihr kam. „Hast du dich beruhigt?" Sie legte den Arm um ihre Freundin. „War nicht so gemeint."

„Schon gut", antwortete Claudia. Eigentlich war gar nichts gut. Die Bemerkung von Jutta über Frank hatte sie aus dem Gleichgewicht gebracht.

„Lass uns unser Schminkzeug holen und dann gehen wir zu den Bochumern", schlug Jutta vor und schob Claudia sanft zurück in den Waschraum.

***

Das Wetter hatte die letzten Tage zwar etwas abgekühlt, aber für eine abendliche Feier am Feuer, war es noch warm genug. Rund um das prasselnde Lagerfeuer am Ende des Camps, lagen Baumstämme, die schon von einigen als Sitzgelegenheiten genutzt wurden.

„Jutta! Hier bin ich!"

Frau Schmidt stand auf und winkte den Neuankömmlingen zu.

„Oje. Ich ahne Schreckliches", flüsterte Jutta. Ihre Tante hatte darauf bestanden, dass sie die Gitarre mitbringen sollte. Wahrscheinlich wollte sie jetzt Lagerfeuerlieder singen.

Aber es kam noch schlimmer.

„Endlich können wir den Gesangswettbewerb starten, den ich schon lange geplant habe. Die Bochumer machen mit!", verkündete Tante Berta freudenstrahlend.

Claudia grinste. „Na das ist ja super", sagte sie und legte ihre Hand auf Juttas Schulter. „Dann kannst du ja dein „Herz für Kinder", singen."

Jutta schnaufte. Claudia zog sie seit dem Fiasko in der Küche ihrer Eltern damit auf; obwohl Jutta schwor, dass sie nur so schräg gesungen hatte, weil sie das Lied nicht mochte.

Frau Schmidt griff nach Juttas Hand und zog sie mit sich. „Komm. Wir müssen noch ein wenig üben. Ich möchte näm- lich auch ein Lied singen."

Widerstand war zwecklos. Tante Berta zog ihre verdatterte Nichte vom Lagerfeuer und ihrer Freundin weg.

Claudia blickte sich um. Sie entdeckte Michael, der etwas abseits alleine auf einem Baumstamm saß.

„Was machst du für ein Gesicht? Heute ist doch dein Geburtstag", versuchte sie Michaels Laune zu verbessern.

Dabei geht es mir eigentlich auch nicht besser, dachte sie, nachdem sie sich zu ihm gesetzt hatte.

„Du hast gut reden. Hast du schon viermal die Schule und deine Freunde gewechselt?"

Claudia schüttelte den Kopf.

„Das geht mir so auf den Keks!" Er warf ein Stück Holz ins Feuer.

Claudia legte ihren Arm um Michael. Sie spürte seine Trauer und seinen Zorn. Ihr Herz pochte. Jetzt - genau jetzt war der Augenblick. Zaghaft gab sie ihm einen Kuss auf die Wange.

Das Lagerfeuer schien höher aufzulodern.

Michael schaute ihr in die blauen Augen. Dann sah er sich verstohlen um. Die Betreuer saßen alle auf der anderen Seite des Feuers; die Kinder beobachteten die ersten Kandidaten des Gesangswettbewerbes. Er nahm Claudia in seine Arme und küsste sie. Ihre Lippen trafen aufeinander.

Wie aus weiter Ferne vernahm Claudia plötzlich eine Stimme.

„Da seid ihr ja! Ihr könnt froh sein, dass ich es bin, und nicht der General."

Michaels Umarmung löste sich auf. Vor ihnen stand Klaus.

„Beim nächsten Mal sucht ihr euch ein ruhigeres Plätzchen", ermahnte er sie. „Aber jetzt kommt mit. Juttas Tante singt gleich. Das wollt ihr euch sicher nicht entgehen lassen."

Sie gingen um das Feuer auf die andere Seite. Jutta saß mit ihrer Gitarre auf einem Baumstamm. Neben ihr saßen der Lagerleiter und die Betreuer. Ihre Tante stand etwas weiter weg in der Nähe des Feuers und gab den Takt an.

Jutta begann zu spielen, Frau Schmidt sang: „Er gehört zu mir ..."

Claudia musste sich das Lachen verkneifen. Allein das Lied fand sie schon lächerlich. Aber dann auch noch so schief gesungen von Berta Schmidt; das war das Allerschlimmste, was sich je seinen Weg durch ihre Gehörgänge gebahnt hatte.

Juttas Gesicht sprach Bände, während sie tapfer die Gitarrensaiten weiterzupfte. Auch auf den Gesichtern der anderen Zuhörer war Entsetzen oder Belustigung abzulesen.

Doch Tante Berta bekam von alldem nichts mit. Inbrünstig sang sie ihr Lied. Dabei näherte sie sich dem Feuer, das immer stärker knisterte und prasselte.

Das Gitarrenspiel endete abrupt. „Tante Berta! Dein Schuh!", rief Jutta. Frau Schmidt erwachte aus ihrer Schlagertrance und sah nach unten. Auf ihrem Schuh lag ein glühendes Holzstück. Panisch zuckte ihr Fuß nach oben. Das Holzstück flog in hohem Bogen - auf die Hose des Generals.

„Das ist ja wohl nicht zu fassen!", schrie der General. Er sprang auf und wischte über seine qualmende Hose. Sofort war Berta zur Stelle, versuchte ihr Missgeschick wieder gutzumachen und klopfte ebenfalls auf der Hose des Lagerleiters herum.

„Hören Sie auf! Sie Unglücksrabe!" Der General drehte sich um und marschierte davon.

Das Gelächter schien kein Ende nehmen zu wollen. Niedergeschlagen verabschiedete sich Tante Berta und verschwand in ihre Unterkunft.

Auch die Betreuer atmeten auf. Nachdem der General und Frau Schmidt verschwunden waren, nahm die Feier einen anderen Verlauf.

Jutta zückte aus ihrer Hosentasche ein kleines, rotes Heftchen. „top - Schlagertextheft", stand groß auf dem Titel. Claudia bekam große Augen und eine Gänsehaut. Sie wird doch jetzt nicht…

Doch dieses Mal sang Jutta keine verkorkste Version von: „Ein Herz für Kinder". Sie schlug das Heft auf, spielte die Saiten an und fing an zu singen: „When I find myself in times of trouble, mother mary comes to me, speaking worlds of wisdom, let it be."

Claudia lachte. Jutta konnte ja tatsächlich gut singen. Und das richtige Lied für ihre Tante hatte sie auch parat; Frau Schmidt sollte es doch besser sein lassen, dem General gefallen zu wollen - let it be.

***

„Hey. Wach auf. Wir wollen doch Michael und Klaus verabschieden." Claudia rüttelte Jutta aus dem Schlaf. Sie selbst war schon seit einiger Zeit wach. Im Grunde hatte sie fast gar nicht geschlafen. Seit gestern Abend war sie zu aufgewühlt, um die Augen zu schließen. Die Betreuer hatten für die Älteren ein Auge zugedrückt, und so ging die Feier bis spät in die Nacht. Immer wieder hatte sie mit Michael etwas abseits von den anderen rumgeknutscht.

„Is ja schon gut." Jutta öffnete die Augen, sprang aus dem Bett und zog sich leise an.

Es war dunkel. Bis zum Wecken ihrer Zelte würde noch eine Stunde vergehen. Doch die Bochumer hatten am Vorabend schon gepackt und wollten früh losfahren.

„Schnell." Claudia zog ihre Freundin aus dem Zelt. Am Ende des Lagers sah sie schon den Bus, der Michael wieder nach Hause bringen würde; sofern man in seinem Fall von einem Zuhause sprechen konnte.

Sie hatte versucht sich vorzustellen, wie es für sie sein würde, oft den Wohnort zu wechseln. Es war ihr nicht gelungen. Das Haus mit der Bäckerei war schon seit Generationen im Besitz der Familie Simon. Undenkbar von dort fortzuziehen.

„Michael!" Claudia fiel ihm um den Hals und küsste ihn; ob die Betreuer der Bochumer das mitbekamen oder nicht.

Michael setzte die Tasche ab. Er nahm sie in seine Arme. Doch die Wärme von gestern Abend stellte sich nicht ein.

„Viel Spaß noch", sagte er mit belegter Stimme. Dann löste er die Umarmung griff nach seiner Tasche und ging weiter.

Jutta sah Klaus, der direkt neben Michael stand, fragend an. Der zuckte nur mit den Schultern.

„Aber… ich …", stammelte Claudia.

Jutta stellte sich Michael in den Weg. „Du kannst sie doch nicht so stehen lassen! Was bist du den für ein Klotz?"

„Warum? Weil so ein herzzerreißender Abschied sowieso keinen Sinn macht! Lass uns lieber kurz und schmerzlos auseinandergehen." Michael gab seine Tasche dem Busfahrer, der sie in das große Gepäckfach legte. „Ihr könnt mir ja schreiben", schlug er vor, ignorierte Claudias Hand an seinem Arm und stieg in den Bus.

„Ich versuche noch einmal mit ihm zu reden", versprach Klaus. Er folgte Michael in den Bus.

„Ich versteh das nicht. Gestern Abend war doch alles so schön." Sie versuchte Michael im Bus, der sich langsam füllte, zu entdecken. Doch sosehr sie sich auch anstrengte, sie sah ihn nicht. Er hatte sich scheinbar an eine Stelle gesetzt, die von außen schlecht einsehbar war.

„Vielleicht ist es wirklich besser so", versuchte Jutta ihre Freundin zu beruhigen. Doch sie erreichte damit genau das Gegenteil.

„Was soll den daran besser sein?", schluchzte Claudia. „Ich seh ihn wahrscheinlich nie wieder."

„Du hast doch noch deinen Frank." Kaum hatte Jutta den Namen gesagt, da bereute sie auch schon ihre Aussage.

Obwohl Claudia ihr begeistert von Frank erzählt hatte, war sie sehr empfindlich, wenn man behauptete, sie stehe auf ihn. Dementsprechend fiel ihre Reaktion aus. „Sag mal, spinnst du?", fauchte sie Jutta an. „Der Typ ist mir doch völlig egal. Michael ist mein Freund."

Jutta wollte sich für ihre unbedachte Äußerung entschuldigen, doch in dem Moment erschien Klaus an der Bustür. „Keine Chance. Er redet nicht mit mir. Sitzt nur stumm da und starrt Löcher ins Busdach."

„Sag ihm, ich ruf ihn an, wenn ich wieder zuhause bin." Claudias Tränen hatten aufgehört zu fließen. Sie hatte sich damit abgefunden, jetzt nichts mehr ausrichten zu können.

Die Morgendämmerung schickte ihr rötliches Licht über das Zeltlager, als der Bus sich in Bewegung setzte.

Claudia sah, wie die Kinder in der hinteren Busreihe rechts und links zusammenrückten. Michael hatte sich in die Mitte gedrückt und starrte sie an.

Claudia stand da. Unfähig zu irgendeiner Reaktion.

Dann verschwand der Bus am Horizont.

„Komm", sagte Jutta und griff nach Claudias Arm.

Claudia schüttelte ihre Hand ab. „Lass mich in Ruhe", fuhr sie Jutta an.

„Na komm schon. War eben nicht so gemeint", versuchte Jutta sich zu entschuldigen.

Claudia ignorierte sie. Ohne sich von weiteren Entschuldigungsversuchen ablenken zu lassen, ging sie in den Waschraum und spritzte sich eine Ladung Wasser ins Gesicht. Sie versuchte ihre Gedanken wieder zu sortieren.

Es gelang ihr nicht.

Wie bei einem schnellen Karussell, das man von außen beobachtete, zogen die Bilder der letzten Tage an ihr vorbei.

„Verschwinde!", herrschte sie Jutta an, die ihr in den Waschraum gefolgt war. „Das Letzte, was ich jetzt brauche, sind deine dämlichen Bemerkungen."

Jutta murmelte etwas Unverständliches, schüttelte den Kopf und ging.

Claudia atmete tief durch, hob den Kopf und betrachtete ihr verheultes Gesicht im Spiegel. Ich sehe schrecklich aus, dachte sie. Gibt es noch eine Zukunft für Michael und mich? In den Kinofilmen gibt es doch immer ein Happyend. Wenn ich zuhause bin, werde ich ihn sofort anrufen. Vielleicht zieht er ja sogar zu uns in die Gegend.

Dabei fiel ihr ein, dass sie darüber gar nicht gesprochen hatten. Entweder wusste Michael selbst nicht, wohin ihn die Versetzung von seinem Vater verschlagen würde, oder er hatte absichtlich nichts erwähnt, weil die Entfernung noch weiter war, als zwischen Steintal und Bochum.

Noch eine Woche Zeltlager war zu überstehen, dann könnte sie versuchen mit Michael Kontakt aufzunehmen. Zwar gab es die Möglichkeit, auch von hier aus Briefe und Postkarten zu verschicken, aber diese wurden nur alle drei Tage auf die Reise geschickt, und bis dann eine Antwort kam, war sie schon längst wieder zuhause.

1980: Unbekannt verzogen

„Wolli!"

Claudia setzte ihre Tasche im Flur ab. Schwanzwedelnd sprang er an ihr hoch. Sie streichelte den Hund und fuhr sich mit der anderen Hand durch das nasse Haar. Zwar hatte ihre Mutter sie mit dem Auto von der Bushaltestelle abgeholt, aber es hatte so in Strömen geregnet, dass selbst der kurze Weg von der Garage zum Wohnhaus sie durchnässt hatte.

„Jetzt beruhig dich doch", sagte ihre Mutter, die gerade die Haustür schloss. Wolli lief wie ein wildgewordener Handfeger zwischen ihren und Claudias Beinen durch.

Zuhause. Claudia roch den Duft von frischem Brot, der aus der Backstube zu ihr herüberwehte.

Schnell lief sie ins Bad, nahm sich ein Handtuch und trocknete sich die Haare. Durch die Zwischentür in der Küche gelangte sie in die Backstube. Ihr Vater war gerade dabei, mit dem großen Brotschieber fertiggebackenes Brot aus dem Ofen zu holen.

„Hallo Claudia. Warte, ich komme gleich in die Küche", sagte er und schob den Brotschieber erneut in den Ofen.

Etwas enttäuscht von dem kalten Empfang in der heißen Backstube war Claudia schon. Ihre Mutter hatte da anders reagiert und war ihr an der Bushaltestelle um den Hals gefallen. Kurz begrüßte sie die anderen Mitarbeiter der Bäckerei. Dann ging sie zurück in die Küche.

„Mama, kann ich mal telefonieren?", fragte sie ihre Mutter. „Ich hab dort im Zeltlager ein Mädchen aus einer anderen Gruppe kennengelernt", schwindelte sie. Ihre Eltern brauchten ja vorerst nichts von Michael zu wissen und die Chance, dass Frau Schmidt etwas verraten könnte, war gering. Tante Berta war sosehr mit dem General beschäftigt, dass sie die Romanze zwischen ihr und Michael nicht bemerkt hatte.

„Aber nicht so lang. Telefonieren kostet Geld", sagte ihre Mutter den Standartsatz, den alle Jugendlichen zu hören bekamen.

Claudia kramte aus ihrer Hosentasche den Zettel mit der Telefonnummer von Michael und ging in den Flur. Dort hing der Wandapparat. Ein älteres Modell, grau mit Wählscheibe. Sie nahm den Hörer ab und wählte die Nummer. Das Freizeichen war zu hören, dann knackste es in der Leitung.

„Kohn?", sagte eine dunkle Stimme.

„Kann ich den Michael sprechen?", fragte Claudia leise.

„Wer ist da? Ich möchte erst einmal wissen, mit wem ich rede."

„Hier ist Claudia Simon ich hab ihren Sohn im Zeltlager kennengelernt."

„Mädchen, kannst du nicht etwas lauter sprechen? Ich verstehe kaum ein Wort."

Plötzlich öffnete sich die Flurtür. Ihr Vater stand dort mit einem Korb voller Teilchen in der Hand. „Kommst du?", fragte er.

„Moment." Claudia fluchte innerlich. Es sah nicht so aus, als ob er seine Position vor Gesprächsende wieder verlassen würde.

„Schade, dass sie nicht da ist. Auf Wiederhören", sagte sie schnell, bevor Michaels Vater am anderen Ende etwas erwidern konnte, und legte auf.

„Ihr jungen Leute mit eurer Telefoniererei", schüttelte Jürgen Simon den Kopf. Missmutig folgte Claudia ihrem Vater.

Dann werde ich eben morgen probieren, ihn zu erreichen. Doch die nächsten zwei Tage ging bei Michael niemand ans Telefon.

Dann begann die Schule wieder.

***

Die ersten zwei Schulstunden zogen sich wie Kaugummi. Claudia hatte sich fest vorgenommen, in der Pause mit Frank zu reden. Der war, wie so oft, zu spät gekommen und hatte sich mit einer fadenscheinigen Ausrede entschuldigt.

Immer wieder musste sie zu Frank hinüberschauen. Er sah Michael wirklich verdammt ähnlich. Das Gefühl, das sie bei seinem Anblick hatte, kam dem Kribbeln beim ersten Kuss mit Michael schon ziemlich nahe.

Verdammt, das ist Frank. Und den kannst du nicht leiden, ermahnte sie sich selbst.

Wie zur Bestätigung warf er ihr eine Kusshand zu und grinste dämlich.

So ein Idiot. Vielleicht sollte ich mein Vorhaben doch aufgeben.

Doch ihre Gefühle und Gedanken ließen ihr keine Ruhe. Dem Unterricht konnte sie überhaupt nicht folgen und sie war froh, als der Pausengong ertönte.

**

Frank stand mit zwei Freunden etwas Abseits auf dem Pausenhof. Claudia nahm sich allen Mut zusammen und sprach ihn an. „Hallo Frank. Kann ich mal alleine mir dir reden?"

„Wow, schon wieder eine neue Verehrerin", spottete einer seiner Freunde.

„Unser Frank ist halt beliebt. Der legt sie noch alle flach", meinte der andere.

Frank grinste wieder. „Jungs, geht mal kurz spielen. Ich hab hier etwas zu besprechen."

Zum Kotzen die Sprüche, dachte Claudia. Wie so Idioten es aufs Gymnasium geschafft haben, ist mir schleierhaft.

Trotzdem verfehlte der Spruch seine Wirkung nicht. Die zwei Typen verschwanden.

„Ich hab im Zeltlager einen Jungen kennengelernt", fing sie ohne Umschweife an.

„Schön für dich", fiel ihr Frank ins Wort. „Aber was geht mich das an, Schätzchen?"

„Vergiss es", schnaufte Claudia, drehte sich um und wollte gehen. Sie fragte sich, wie sie überhaupt auf die Idee gekommen war, mit so einem Idioten reden zu wollen.

„Halt!", rief Frank, packte sie am Arm und drehte sie zu sich. „Das gilt nicht. Mich erst heißmachen und dann nicht mit der ganzen Story rausrücken."

Claudia sah in seine schwarzen Augen. Ihre Knie wurden weich. Warum konnte er nicht Michael sein?

„Der Junge sah dir ähnlich. Ich wollte nur wissen, ob du mit ihm verwandt bist oder so. Aber jetzt lass mich los, du Blödmann."

Frank hielt sie fest. „Hast du mit ihm gepennt?"

Ihr Gesicht lief rot an. Sie riss sich los und schwor sich nie wieder mit Frank zu reden.

***

Zum ersten Mal in ihrem Leben freute Claudia sich darüber, dass der Bibelkreis Montagnachmittags bei ihnen Zuhause stattfand.

Jutta kam aus einem anderen Bundesland, in dem die Schule erst in einer Woche wieder begann. Solange blieb sie noch bei ihrer Tante und konnte heute mitkommen. Das Verhältnis zwischen den beiden hatte sich, nach der verkorksten Verabschiedung von Michael, langsam wieder erholt.

„Guten Tag Frau Schmidt. Hallo Jutta", begrüßte sie die Beiden schon an der Eingangstür. Wolli bellte und schnüffelte kurz, um dann nach seiner Streicheleinheit wieder zu verschwinden.

„Guten Tag Claudia. Gehe ich recht in der Annahme, dass du auch keine Lust hast bei unserem Bibelkreis mitzumachen?", fragte Frau Schmidt.

"Gehe ich recht in der Annahme." - hört sich an wie bei Robert Lembke. Fehlt nur noch, dass sie fragt: "Welches Schweinderl hätten sie den gern?", dachte Claudia

„Ähh, eigentlich wollte ich mit Jutta auf mein Zimmer gehen."

Tante Berta seufzte. „Na gut. Haut schon ab."

„Gottseidank", atmete Jutta auf, als sie die Stufen zu Claudias Zimmer hochstiegen. „Sie lag mir ständig in den Ohren ich solle doch bei diesem Bibelgespräch mitmachen." Sie packte eine Single aus der Tüte, die sie mitgebracht hatte, und gab sie Claudia. „Hier leg mal auf." Auf dem Cover waren zwei Frauenköpfe in Falschfarben abgebildet, aus deren Mund farbige Strahlen nach oben weggingen. „Hab ich mir eben im Plattenladen gekauft."

„Es gibt Wichtigeres." Claudia schloss die Tür. „Ich kann Michael nicht erreichen. Am Tag unserer Rückkehr hab ich seinen Vater am Telefon gehabt, aber leider kam mir meiner dazwischen. Seitdem versuche ich es immer wieder, aber es hebt keiner ab."

Jutta nahm ihr die Platte wieder ab und ging zum Plattenspieler. „Ruf doch mal Klaus an. Der weiß bestimmt, was los ist."

„Hast du seine Telefonnummer? Ich nicht."

Jutta schob den Lautstärkeregler des Plattenspielers hoch: „Won`t you take me to funky town ..."

„Mach leiser", ermahnte Claudia. „Bevor mein Vater hochkommt."

„Stimmt. Der Bibelkreis. Den hatte ich glatt vergessen." Jutta regelte die Lautstärke wieder zurück.

„Was ist jetzt? Hast du die Telefonnummer von Klaus?"

„Natürlich. Nur nicht dabei."

Claudia fluchte. Ihr lief die Zeit davon. Michael würde bald umziehen, oder war schon umgezogen; die vergeblichen Telefonanrufe sprachen dafür.

„Nun lass mal den Kopf nicht so hängen", tröstete Jutta ihre Freundin. „Ich ruf dich heute Abend an und geb dir die Nummer von Klaus." Den Rest des Nachmittags versuchte sie Claudia aufzumuntern, was ihr nur schwer gelang.

Claudia überlegte lange, ob sie Jutta die Geschichte mit Frank erzählen sollte. Schließlich entschied sie sich dagegen; auf irgendwelche blöden Kommentare, wie vorletzte Woche bei der Abreise der Bochumer, konnte sie verzichten.

***

„Müller?", meldete sich eine Frauenstimme.

„Guten Abend Frau Müller, hier ist Claudia Simon. Bitte entschuldigen sie die späte Störung aber kann ich mal ihren Sohn sprechen?"

„Weißt du, wie viel Uhr es ist? Du hast Glück, dass wir noch wach sind."

Claudia sah auf die Zeiger der alten Wanduhr, die im Flur neben dem Telefon stand. Nach Juttas Anruf hatte sie noch gewartet, bis ihr Vater ins Bett gegangen war. Es war fast 22.00 Uhr.

„Nochmals Entschuldigung, aber es ist dringend."

„Moment." Claudia hörte, wie der Telefonhörer nebenhin gelegt wurde. „Klaus! Hier ist eine Claudia am Telefon. Sie sagt es wäre dringend!" Nach einer halben Minute war er am anderen Ende der Leitung.

„Hallo?"

„Hallo Klaus. Hier ist Claudia. Du weißt schon, aus dem Zeltlager", half sie ihm auf die Sprünge.

„Was ist los? Warum rufst du so spät an?"

„Ich versuche schon seid ein paar Tagen Michael zu erreichen, aber da geht keiner ans Telefon und da hab ich gedacht du wüsstest vielleicht etwas."

„Nee, tut mir leid. Ich hatte seid dem Lager auch keinen Kontakt mehr zu Michael und die Schule fängt bei uns erst nächste Woche an. Dann seh ich ihn aber bestimmt wieder."

„Aber es könnte doch sein, dass er mit seinen Eltern schon umgezogen ist."

„Hmm …, hab ich noch gar nicht dran gedacht. So schnell zieht man doch nicht um."

„Klaus, kannst du mir einen Gefallen tun?"

„Schieß los."

„Du weißt doch, wo Michael wohnt. Kannst du morgen mal dort vorbeischauen."

„Na klar. Mit dem Fahrrad bin ich in einer viertel Stunde da. Ich ruf dich dann morgen Nachmittag an."

Claudia war erleichtert. Sie gab Klaus noch ihre Telefonnummer durch und verabschiedete sich dann.

***

Seit einer Stunde saß sie in der Küche und blätterte in der BRAVO. Klaus hatte sich noch nicht gemeldet. Langsam wurde sie ungeduldig. Die Love-Story in der BRAVO kannte sie schon auswendig.

Endlich klingelte das Telefon.

„Ich geh schon. Ist für mich!", rief sie, bevor ihre Eltern angerannt kamen.

Claudia stürzte in den Flur und hob ab.

„Simon?"

„Claudia? Bist du es?"

„Sag schon. Warst du bei Michael?"

„Natürlich. Was denkst du, warum ich dich anrufe?"

„Erzähl!" Claudia setzte sich auf die Garderobe. Ihr war flau im Magen.

„Schlechte Nachrichten. Die Wohnung ist schon leer."

Claudias Befürchtungen bestätigten sich. „Und? Hast du sonst noch etwas herausbekommen?"

„Ich hab eine Nachbarin getroffen. Die hat mir erzählt, dass die Eltern von Michael schon vor ein paar Wochen damit angefangen hätten, die Bude leerzuräumen. Wenige Tage nach unserer Rückkehr aus dem Zeltlager sei ein großer Umzugswagen gekommen und hätte den Rest abgeholt."

„Hast du die Nachbarin gefragt, wohin die Familie gezogen ist?"

„Für wie blöd hältst du mich? Natürlich hab ich gefragt. Sie sagte mir, dass der Mann so ein komischer Kauz war, und sie deshalb keinen Kontakt zu den Eltern von Michael gehabt hätten. Ihr wäre es außerdem egal, wohin die gezogen seien und sie glaube auch nicht, dass es irgendjemand anderes wüsste."

Claudias Augen füllten sich. „Scheiße. Warum ruft Michael mich nicht von sich aus an?"

„Hab ich mir auch gedacht. Mich hat er ja auch nicht angerufen. Wahrscheinlich macht er das absichtlich, damit wir ihn schnell vergessen - oder er uns."

„Vielleicht hast du recht. Aber es tut weh", bestätigte Claudia. Die Tränen liefen ihr über das Gesicht. Ohne sich von Klaus zu verabschieden, legte sie den Hörer zurück auf die Gabel, rannte hoch in ihr Zimmer und warf sich aufs Bett.

Alles in ihr krampfte sich zusammen. Die wildesten Gedanken schossen durch ihren Kopf, bis sie sich nach einiger

Zeit beruhigte. Ihr Blick fiel auf das Regal, auf dem der durchsichtigen Zylinder mit dem Zauberwürfel lag.

Das wird das Einzige sein, was mir von meiner ersten großen Liebe bleibt. Michael werde ich wohl nie wiedersehen, dachte sie wehmütig.

Sie konnte nicht ahnen, wie sehr sie damit unrecht hatte.

1985: Uwe

„Und jetzt die Nummer eins der Musikcharts, OPUS mit Live is Life", dröhnte es aus den Lautsprechern des roten Fiat Pandas.

Oh, nein. Ich kann es nicht mehr hören!

Claudias rechte Hand ging zu der Sendereinstellung ihres Autoradios. Drehen - Klassik - drehen - Schlager - drehen - Geschwätz - drehen - Endlich! Die Erlösung.

„Don´t you forget about me", sang sie mit Jim Kerr von den Simple Minds im Duett, das Lenkrad wieder mit beiden Händen haltend.

Ihr Blick ging nach links. Dort war ihre alte Schule, die sie nach dem zehnten Schuljahr verlassen hatte, um die Lehre als Bankkauffrau zu beginnen. Gesichter und Ereignisse zogen für Sekunden an ihrem geistigen Auge vorbei. Fast zu spät sah sie die rote Ampel, kam knapp vor ihr zum Stehen. Der Regen prasselte auf das Dach des Pandas.

„Rain keeps falling, rain keeps falling, down, down, down."

Claudia lächelte. Der Song passte zu dem Sauwetter.

Die Ampel wurde grün. Nach zehn Minuten hatte sie das Haus erreicht.

Geh ich durch die Bäckerei, oder durch die Haustür?, fragte sie sich, entschied sich dann für den Überraschungs-effekt und klingelte.

„Claudia!", rief ihre Mutter und umarmte sie. „Komm rein. Ich sag gleich deinem Vater Bescheid."

Wie immer schlug ihr der Duft von frischem Brot aus der Backstube entgegen. Seit drei Wochen hatte sie diesen Heimatgeruch nicht mehr in der Nase gehabt.

Claudia bekam eine Gänsehaut. Jetzt bloß nicht sentimental werden!

Auf dem Weg durch den Flur spürte sie die Stille, die ent-standen war, seitdem Wolli nicht mehr unter den lebenden Hunden weilte. Sein Gebelle hatte sie bis vor Kurzem noch begrüßt.

„Wollt ihr euch nicht mal ein neueres Telefon zulegen?", fragte sie um sich abzulenken. Das alte Gerät hing immer noch im Flur an der Wand.

Ihre Mutter seufzte. „Ach, du kennst doch deinen Vater. Was noch funktioniert, wird benutzt, bis es auseinanderfällt. In letzter Zeit ist es besonders schlimm. Er will in der Neubausiedlung eine Filiale aufmachen und spart, wo er nur kann."

Während Maria Simon ihren Mann suchte, setzte Claudia sich in die Küche. Sie sah sich um. Hier würde sich wahrscheinlich nie etwas ändern. Ihre Mutter wünschte sich schon seit Jahren eine neue Kücheneinrichtung, doch sie wurde immer nur vertröstet.

„Hallo Claudia." Jürgen Simon ging zu seiner Tochter und umarmte sie kurz.

„Hallo Papa. Nicht am arbeiten?", begrüßte sie ihren Vater, der mit sauberer Kleidung die Treppe herunter gekommen war.

„Heut ist doch Montag." Als müsste das als Erklärung reichen, wandte er sich wieder an seine Frau. „Koch doch schon mal Kaffee. Die kommen gleich."

Claudia sah ihn fragend an. Dann erinnerte sie sich: der Bibelkreis. „Hab ich glatt vergessen", murmelte sie.

„Etwas mehr Bibellesen täte dir auch gut, oder sonntags in die Kirche gehen", schlug ihr Vater vor.

„Lass das Kind in Ruhe!" Der scharfe Kommentar ihrer Mutter überraschte sie. Maria schlug die Tür des Küchenschrankes mit Wucht zu. „Immer hast du etwas auszusetzen."

So sehr sie sich auch auf das Wiedersehen mit ihren Eltern gefreut hatte, so stark war jetzt ihr Fluchtreflex. Bleib ruhig, fang ein anderes Thema an, sagte sie zu sich.

„Ich hab zwei Tage frei und wollte bei euch bleiben. Ist das Okay?"

„Natürlich!", rief ihre Mutter, stellte den Kaffeefilter ab, fiel ihrer Tochter um den Hals und gab ihr einen Kuss. „Dein Zimmer steht immer frei für dich."

„Ja, klar", sagte Jürgen etwas reservierter. „Du hättest aber vorher anrufen können."

„Ich wollte euch überraschen", meinte Claudia, die genau wusste, dass ihr Vater Überraschungen hasste.

„Die Überraschung ist dir gelungen. Ich freu mich jedenfalls. Endlich mal wieder jemand, mit dem man über etwas anderes, als über Bäckereifilialen reden kann." Maria warf ihrem Mann einen Blick zu, der eisige Kälte ausstrahlte.

Nicht erst seid Claudias Auszug war das Verhältnis zwischen ihren Eltern gestört. Daran konnte auch der Bibelkreis nichts ändern.

Das Läuten der Türklingel wirkte wie ein Befreiungszeichen in dieser frostigen Atmosphäre, die trotz Brot- und Kaffeeduft in der Küche eingezogen war.

„Ich mach schon auf; wird Berta sein. Die ist immer die Erste", verkündete Maria.

Berta Schmidt! Schlagartig erinnerte Claudia sich an das Zeltlager vor fünf Jahren und musste schmunzeln. Frau Schmidt hatte sich damals ja nicht gerade mit Ruhm bekleckert.

Strammen Schrittes kam sie auf Claudia zu. „Ja Claudia. Lang nicht mehr gesehen! Du bist ja eine richtige junge Dame geworden und hast immer noch die schönen blonden Locken." Freudenstrahlend schüttelte sie ihr die Hand.

Die letzten Jahre, als sie noch zuhause wohnte, hatte Claudia es immer vermeiden können, dem Bibelkreis zu begegnen.

Juttas Tante hatte sich kaum verändert, selbst die Klamotten schienen immer noch dieselben zu sein.

„Guten Tag Frau Schmidt", sagte Claudia und hoffte, dass der feuchte Händedruck nachließ.

„Ich habe gehört, du machst eine Ausbildung auf der Bank", fuhr Berta fort.

„In Mainz, letztes Lehrjahr", antwortete Claudia kurz angebunden und zog sachte ihre Hand weg.

„Das ist ja drollig. Jutta wohnt seit Anfang des Jahres auch mit ihren Eltern dort. Wusstest du das?"

Jutta…, das Zeltlager…, Michael…, Frank. Die Erinnerungen kamen immer intensiver.

„Ich hab seit zwei Jahren keinen Kontakt mehr zu Jutta", erwiderte Claudia. Nach dem Zeltlager hatten sie noch oft miteinander telefoniert, doch irgendwann war ihre Freundschaft aufgrund der großen Entfernung eingeschlafen.

Frau Schmidt setzte sich an den Tisch, schlürfte ihren Kaffee. „Du kannst sie ja mal anrufen", sagte sie und kramte aus ihrer Handtasche ein Notizbuch hervor. „Hier hab ich die Telefonnummer." Berta schlug eine Seite auf und zeigte auf den Eintrag.

Claudia holte sich Stift und Zettel aus dem Küchenschrank. Obwohl sie jetzt schon einige Zeit in Mainz wohnte, hatte sie dort nur wenig Freundschaften geschlossen. Mit Jutta könnten die Wochenenden ganz lustig werden.

Während ihr Vater Frau Schmidt mit den neusten Infos über die geplante Bäckereifiliale versorgte, kehrten Claudias Gedanken zu dem denkwürdigen Sommer in dem Zeltlager zurück.

Michael - ihre erste Liebe. Zwar kamen danach noch zwei andere, auch sexuelle Beziehungen, doch irgendwie spürte sie, dass ihre Liebe zu Michael etwas Größeres war. Noch einige Zeit hatte sie versucht ihn zu erreichen, aber er blieb wie vom Erdboden verschwunden.

Berta riss sie aus ihrer Nachdenklichkeit. „Hast du einen Freund?", wollte sie wissen.

Was geht dich das an, dachte Claudia. Hast du denn einen?

Sie verkniff sich, ihre Gedanken auszusprechen. „Zurzeit nicht", antwortete sie stattdessen.

„Jutta hat auch keinen. Dabei gab es mal einen, der ..." Frau Schmidt plapperte munter weiter. Claudia hörte nur mit halbem Ohr zu. Michael kreiste in ihrem Kopf, immer wieder unterbrochen von Frank, den sie seit ihrem Schulabgang nicht mehr gesehen hatte. Wenn alles gut gelaufen war, müsste Michael jetzt auch schon sein Abitur in der Tasche haben. Aber bei Frank waren Zweifel angesagt.

Langsam trudelten immer mehr Teilnehmer des Bibelkreises ein. Claudia holte ihre Tasche aus dem Panda und verschwand in ihr altes Zimmer. Auch hier hatte sich nichts verändert. Maria legte immer großen Wert darauf, dass alles bereit war für die Rückkehr ihrer Tochter - auch wenn es nur für zwei Tage sein sollte.

Mit gemischten Gefühlen ließ Claudia sich auf das Bett fallen. Es war zwar schön wieder zuhause zu sein, aber die Stimmung zwischen ihren Eltern gab ihr zu denken. Und noch etwas anderes beschäftigte sie; sie hatte jetzt die Möglichkeit den Kontakt mit Jutta wieder aufzunehmen, aber die Schatten der Vergangenheit mit Michael und seiner verblüffenden Ähnlichkeit zu Frank kehrten wieder.

***

Sie stand vor dem großen Spiegel und betrachtete sich. Die dauergewellten, blonden Haare schwangen bei jeder Kopfbewegung mit. Claudia trug eine lange rosa Bluse mit Schulterpolstern, darüber einen breiten Gürtel. Statt ihrer Jeanshose hatte sie eine dieser modernen, schwarzen Leggings an. Ihre Füße steckten in schwarzen Pumps. Der Discoabend konnte beginnen.

Zufrieden schloss sie die Kleiderschranktür, in der sich der Spiegel befand. Jutta musste jeden Augenblick kommen.

Ich bin mal gespannt, wie sie jetzt aussieht, dachte Claudia.

Das war ihr erstes Treffen in Mainz; sie hatten sich schon gleich zu einem Discobesuch verabredet.

Es klingelte. Claudia ging zu der Haussprechanlage und nahm den Hörer ab. „Hallo?"

„Hey Claudia! Hier ist Jutta!", schepperte die verzerrte Stimme ihrer Freundin über die Hörmuschel.

„Super! Komm hoch; dritter Stock. Kannst den Aufzug nehmen!" Sie öffnete die Wohnungstür und hielt die Aufzugstür im Hausflur im Blick.

Der Aufzug stoppte, die Tür öffnete sich. In den Flur trat eine junge Frau, die glatt als Claudias schwarzhaarige Schwester hätte durchgehen können. Auch ihre Haare wurden durch eine Dauerwelle verschönert, von denen ein Teil in der Mitte zu einer Art Palme nach oben zusammengebunden war.

Die lange Bluse mit den Schulterpolstern, der breite Gürtel, die Leggings - alles wie bei Claudia.

Die Beiden umarmten sich.

„Komm rein, ich zeig dir mein Reich. Klein, aber mein." Die Einzimmerwohnung in dem Hochhaus hatte sie zu Beginn ihrer Lehre bezogen.

„Du hast es gut. Ich wünschte, ich hätte auch eine eigene Bude", seufzte Jutta, nachdem sie sich umgesehen hatte. Aus den Telefongesprächen, die sie letzte Woche mit Jutta geführt hatte, wusste Claudia, dass ihre Freundin zurzeit auf Arbeitssuche war. Nach ihrer abgeschlossenen Ausbildung zur Einzelhandelskauffrau war Jutta mit ihren Eltern nach Mainz gezogen, da ihr Vater dort eine neue Arbeit gefunden hatte.

Jutta ließ sich in den Sitzsack fallen, den Claudia von zuhause mitgenommen hatte. „Ich hab keine Lust mehr, bei meinen Eltern zu wohnen."

„Kann ich verstehen. Die zwei Tage in der letzten Woche haben mir auch gelangt", bestätigte Claudia. Ihre Eltern hatten sich ständig nur angegiftet. „Aber jetzt ein anderes Thema: Jungs."

Jutta lachte: „Hast recht. Also in der Disco habe ich letzte Woche ein paar nette Kerle kennengelernt. Ich denke, die sind heute Abend auch wieder da."

Claudia schnappte sich ihre Handtasche. „Worauf warten wir dann noch? Mein Panda steht unten im Hof!"

***

In der letzten Ecke ergatterten sie noch einen Parkplatz.

Obwohl es tagsüber schon recht warm war, wurden die Abende Ende Mai noch ziemlich kühl. Claudia und Jutta beeilten sich, vom Parkplatz in die Disco zu kommen. TANZ-HALLE stand in großen Lettern der Name der Discothek über dem Eingang. Die unterschiedlichsten Typen standen dort in der Schlange: Popper, Gruftis, Teds, Heavy Metall-freaks und natürlich viele „Normalsterbliche", wie Claudia und Jutta.

„Das find ich ja so toll hier", sagte Jutta, die Claudias fragenden Blick bemerkte. „Hier wird für jeden Musikgeschmack mal etwas gespielt."

„Hoffentlich kein „Herz für Kinder"", lachte Claudia. Sie stieß Jutta leicht ihren Ellbogen in die Rippen, die diesen körperlichen Angriff mit einem: „Sehr witzig", kommentierte.

Als die zwei Freundinnen den Innenraum der Disco betraten, war die Tanzfläche gerade von den Luftgitarrespielern okkupiert.

Musik von AC/DC drang aus den Lautsprechern; dazu standen etwa zehn Jungs auf dem Parkett, die ihre langhaarige Mähne schüttelten und wild die Arme und Finger bewegten. Ihre Beinarbeit ließ aber zu wünschen übrig, denn sie standen wie angeklebt auf einer Stelle.

Claudia fand AC/DC zwar nicht schlecht, aber dieses Rumgehampel der Heavy Metallfreaks hatte ihr noch nie imponiert.

„Keine Angst. Danach kommt meistens etwas zum Tanzen", schrie Jutta gegen die Gitarrenriffs an.

Sie sollte recht behalten. Sobald die ersten Takte von Moti Specials: „Cold Days, Hot Nights", zu hören waren, verließen die Langhaarigen fluchtartig die Tanzfläche, die sich schnell mit kurzhaarigeren Jungs und dauergewellten Mädchen füllte.

„Wollen wir?", Jutta wippte locker mit. Zusammen zwängten sie sich zwischen die tanzenden Menschen.

„Siehst du den da hinten. Den mit der Lederkrawatte?" Jutta nickte in Richtung des DJ´s. „Das ist einer von den Jungs, die ich kennengelernt habe."

Claudia drehte sich tanzenderweise um. Vor dem erhöhten Discjockeypult stand ein Junge mit Vokuhilafrisur, Jeanshose, rotem Seidenhemd und dunkelblauer Lederkrawatte. Er erkannte Jutta, lächelte zurück. Dann bewegte er sich langsam tanzend auf sie zu.

Ich kenne wenig Kerle, die tanzen können, ohne dass es lächerlich aussieht, dachte Claudia. Der hier gehört dazu.

„Hey Jutta. Diesmal mir deiner Freundin hier?", fragte er.

„Das ist Claudia", erklärte sie knapp.

„Hallo. Ich bin Uwe. Uwe Hof", stellte der Tänzer sich bei Claudia vor. Seine Augen strahlten sie an.

„Hallo. Du kannst gut tanzen", schrie sie ihm ins Ohr, um die laute Musik zu übertönen.

„Du auch", gab er etwas leiser zurück, denn die Lautstärke fuhr runter und der DJ sagte das nächste Lied an.

„Und jetzt eine Runde für unsere Discofoxtänzer. Wir beginnen mit Italodisco von Silver Pozzoli: Around my dream."

Einige verließen die Tanzfläche, andere bildeten Pärchen.

„Wie sieht es aus? Tanzt du?", fragte Uwe Claudia.

Sie drehte sich nach Jutta um und sah, dass die sich schon einen anderen Tanzpartner geangelt hatte.

„Okay", antwortete sie.

Uwe nahm ihre rechte Hand in seine linke und legte seinen Arm um ihre Hüfte. Mit schnellen Tanzschritten führte er Claudia über das Parkett.

Claudia staunte erleichtert. Endlich mal jemand der Discofox tanzen kann. Nicht so wie die Bauerntrampel bei uns zuhause.

Unwillkürlich dachte sie an ihre zwei verflossenen Beziehungen, die sie nach Michael hatte. Beide waren keine großen Tänzer gewesen und auch sonst nicht gerade feinfühlig. Wenn sie da an ihr erstes Mal dachte…

Claudia versuchte diese Gedanken beiseite zu wischen. Ihr Gefühl sagte ihr, dass Uwe ein netter Typ war. Mit ihm würde sich eine Beziehung bestimmt…

„Was ist los? Du wirkst so ernst?" Uwes Bemerkung riss sie aus ihren Überlegungen. „Sollen wir mal an die Bar gehen? Da können wir uns besser unterhalten."

Claudia gab Jutta, die sich weiter mit einem Jungen im Kreis drehte, ein Zeichen. Dann ging sie mit Uwe an die Bar.

„Was trinkst du?", fragte er und gab der Bedienung seine Lochkarte.

„Eine Cola."

„Du kannst dir ruhig einen Longdrink bestellen. Ich hab genug Kohle dabei", meinte Uwe.

Claudia war sich nicht sicher, ob Uwe jetzt nur mit seinem Geld angeben wollte. Egal, dachte sie. Mal sehen, wie der Abend sich weiter entwickelt.

„Dann eine grüne Witwe."

„Also ein Asco für mich und eine grüne Witwe für die Lady", gab Uwe an die Bedienung weiter.

Sofort dachte sie wieder an Michael. Lady, hatte der sie auch oft genannt. Warum fiel es ihr so verdammt schwer, nicht mehr an ihre erste Liebe zu denken? Vielleicht, weil sie so ein abruptes Ende gefunden hatte, bevor es richtig losgegangen war.

„Prost." Die Getränke standen auf dem Tresen. Uwe stieß mit ihr an. Dann begann er, aus seinem Leben zu erzählen.

Claudia stellte erstaunt fest, dass Uwe, im Gegensatz zu anderen Jungs die sie kannte, offen über alles redete was ihn bewegte; dafür kam sie kaum zu Wort.

„Na ihr Turteltäubchen, alles klar?" Jutta hatte sich bis zur Bar vorgekämpft und stand mit einem Jungen im Schlepptau plötzlich vor Claudia und Uwe.

„Sicher", bestätigte Claudia.

Dem Typ, den Jutta sich geangelt hatte, fielen die Haare auf der rechten Seite über das Auge. Mit einer Bewegung, die wohl lässig aussehen sollte, aber arrogant wirkte, strich er sich die Strähne zurück.

„Hey. Ich bin Thomas", stellte er sich vor, umfasste Juttas Taille, küsste ihren Hals.

Jutta schloss die Augen und genoss. „Ich wollte dir nur sagen, dass du mich nicht heimfahren musst. Ich hab schon einen Chauffeur gefunden", informierte sie ihre Freundin und zwinkerte ihr zu.

„Okay. Kommst du mal mit auf die Toilette?", fragte Claudia, was in der Frauengeheimsprache soviel hieß wie: Ich muss mal ohne Männerohren mit dir reden.

„Du wartest hier auf mich. Ich bin gleich wieder bei dir", säuselte Jutta ihrem Verehrer ins Ohr, gab ihm einen Kuss, löste sich aus seiner Umklammerung und folgte Claudia auf die Toilette.

Claudia stand vor dem Spiegel im Toilettenvorraum. Sie zog sich gerade mit einem Kajalstift den Lidstrich nach. „Sag mal, du bist aber schnell. Hast du keine Angst? Du kennst den Typ doch gar nicht."

„Keine Panik. Hab ich schon öfter gemacht. Bis jetzt ist noch keiner über mich hergefallen - es sei denn, ich habe es zugelassen."

„Vor zwei Jahren hat das noch anders geklungen: Ich warte auf den Richtigen, ich lass mir Zeit, ich nehm bestimmt nicht den Erstbesten. Was ist denn damit?"

Jutta legte Lippenstift nach. „Was soll schon sein? Ich habe festgestellt, dass mir manche Dinge sehr viel Spaß machen. Wenn du verstehst, was ich meine."

„Ich versteh dich schon, aber ich kann es nicht nachvollziehen. Dazu gehört doch auch Liebe; und die braucht Zeit."

„Was soll das? Du hörst dich jetzt gerade an, wie meine Mutter. Ich kann schon selbst entscheiden, was für mich gut ist. Und wenn du es genau wissen willst, ich hab auch schon oft mit den Typen das ganze Wochenende verbracht."

„Ist ja schon gut. Ich mein ja nur." Wir bekommen immer Streit im Waschraum, dachte Claudia. Wie damals im Zeltlager.

Jutta steckte den Lippenstift zurück in ihre Handtasche. „Halt dich aus meinem Leben raus", murrte sie.

Claudia hatte das Gefühl, einen wunden Punkt bei Jutta getroffen zu haben.

„Jutta hat sich aber schnell verabschiedet. Sie sah auch irgendwie sauer aus. War irgendetwas los auf der Toilette?", fragte Uwe.

„Wie kommst du darauf?" Claudia kippte denn Rest ihrer grünen Witwe hinunter. „Sie wollte nur früher heim." Und mit dem Typ ins Bett, fügte sie in Gedanken hinzu.

Uwe sah sie mit einem flehenden Blick an. „Du bleibst aber. Willst du noch etwas trinken?"

Claudia überlegte. Vielleicht hatte Jutta ja recht; man sollte das Leben genießen und die Gelegenheiten nutzen.

„Gerne", sagte sie, und kurz darauf stand eine neue grüne Witwe vor ihr.

Die Musik ging jetzt in ihre Klammerphase über. Auf der Tanzfläche lagen sich Pärchen in den Armen. Sie bewegten sich langsam im Takt der unverwechselbaren Stimme von Phil Collins: „One more night, please give me one more night."

„Komm. Lass uns tanzen." Claudia griff nach Uwes Hand und zog ihn von seinem Barhocker. Mal sehen, was die Nacht so bringt.

**

Die Nacht brachte einen tierischen Kater, den Claudia am nächsten Morgen intensiv spürte. Ihr Schädel brummte. Sie öffnete vorsichtig die Augen.

Claudia atmete auf. Sie lag in ihrem Bett - alleine. Langsam und bruchstückhaft kam die Erinnerung zurück.

Wie viel hatte sie getrunken? Es waren bestimmt über zehn grüne Witwen.

Dunkel erinnerte sie sich an den blauen Opel Manta, mit dem Uwe sie nachhause gebracht hatte. Er hatte sich an der Haustür mit einem Kuss von ihr verabschiedet und war dann weitergefahren.

Die Erinnerung setzte wieder ein. Er hatte doch auch fleißig mitgetrunken, wie konnte er dann...

Dieser Idiot! Besoffen Auto fahren; und ich bin auch noch mit ihm gefahren!

Uwe hatte, im Gegensatz zu ihr, noch einen fitten Eindruck gemacht. Deshalb hatte sie sich ihm anvertraut und von ihm heimfahren lassen.

Bilder kamen zurück: Eine rote Ampel, quietschende Bremsen von rechts und links, hupende Autos.

Claudia stand auf - zu schnell. Ihr Magen fuhr Achterbahn und in ihrem Kopf dröhnte das Echo der Bässe aus der

Disco. Sie musste sich wieder auf den Bettrand setzten. Beim zweiten Anlauf schaffte sie es bis in die Kochecke, öffnete den Hängeschrank und nahm die Schachtel mit den Kopfschmerztabletten heraus.

Ein Glück, das ich Uwe nicht mit in die Wohnung genommen habe, dachte Claudia, während sie die Tablette mit einem Glas Wasser hinunterschluckte. Der Abend war zwar schön, aber so schnell sollte es mit uns beiden dann doch nicht gehen.

Plötzlich wurde es ihr heiß und kalt. Der rebellierende Magen und der dröhnende Kopf waren vergessen.

Uwe! Er musste in dem betrunkenen Zustand ja noch heimgefahren sein. Und seine Wohnung war zehn Kilometer entfernt!

So schnell es ihr lädierter Zustand zuließ, klaubte sie ihre Handtasche von Boden, setzte sich auf das Bett und schüttete den Inhalt vor sich.

Lippenstift, Puder, Kajalstift, Taschentücher, Portemonnaie, Notizblock, Hustenbonbons vom letzten Winter und endlich - der Zettel mit der Telefonnummer von Uwe.

Auf dem Boden vor dem Bett stand das grüne Tastentelefon. Claudia hob den Hörer ab und tippte Uwes Nummer. Über eine Minute verging, bevor eine verschlafene Stimme am anderen Ende der Leitung sie von ihren schlimmsten Befürchtungen befreite.

„Hallo?"

„Uwe? Ich bin´s. Claudia."

„Claudia? Weißt du, wie viel Uhr es ist?"

Erst jetzt sah sie auf die Wanduhr, die über dem Bett hing. Es war zehn nach zehn. Für einen Sonntagmorgen nach der Disco definitiv zu früh.

„Entschuldige. Ich hab mir Sorgen gemacht. Du warst ja auch nicht mehr ganz nüchtern, als du mich heimgefahren hast und ..."

Uwe fiel ihr ins Wort. „Ich vertrag schon einiges. Außerdem fahr ich die Strecke jeden Tag bis zur Arbeit. Mein Auto fährt fast von alleine."

„Und was war mit der roten Ampel?"

„Mein Gott. Is doch nix passiert."

Claudia hatte eine andere Meinung dazu, entschied sich aber dafür, am Telefon nicht weiter zu diskutieren. „Schon gut. Hauptsache, du bist heil wieder nachhause gekommen."

„Hör mal. Wenn du mich schon geweckt hast, wie wäre es mit Frühstück? Ich komm zu dir, bring was mit und anschließend können wir dein Auto holen", schlug Uwe vor.

„Ich weiß noch nicht, ob ich etwas essen kann; mir geht es im Moment nicht so gut. Aber du kannst gerne vorbeikommen. Ich hab genug zu essen da und außerdem Brötchen zum Aufbacken aus der Bäckerei meines Vaters."

„Super! In einer Stunde bin ich bei dir."

***

Claudia war erstaunt über sich selbst. Was man in einer Stunde nicht alles machen konnte - trotz Kater.

Die Wohnung war aufgeräumt, der Teppichboden gesaugt; sie selbst war geduscht, frisiert und geschminkt. Leggings und Bluse hatte sie gegen Jeans und T-Shirt getauscht.

Es roch wie Zuhause in der Bäckerei. Die aufgebackenen Brötchen lagen noch dampfend in dem Brotkorb, der auf dem kleinen Tisch in der Kochecke stand. Die letzten Tropfen kochendes Wasser fielen in den Filter der Kaffeemaschine auf dem Kühlschrank.

„Hallo. Komm rein", begrüßte sie Uwe, der vor einer halben Minute geklingelt hatte und jetzt aus der Aufzugstür trat.

„Hallo Claudia." Seine Augen strahlten. „Hier, für dich." Uwe streckte ihr einen Arm mit Blumen entgegen.

Claudia war überrascht. Noch nie hatte ihr ein Junge Blumen geschenkt. Überhaupt schien Uwe anders zu sein als die Typen, die sie kannte. Auch heute hatte er ein Hemd - diesmal ein weißes - mit einer schwarzen Lederkrawatte, angezogen.

Sie nahm die Blumen und bedankte sich mit einem zaghaften Kuss. Unsicherheit von beiden Seiten lag in der Luft.

„Setz dich." Claudia holte aus dem hintersten Winkel der Spüle die einzige Vase hervor, die sie besaß. Ihre Mutter hatte damals darauf bestanden, dass sie die mitnahm, obwohl Claudia versicherte keine Blumen in ihrer Wohnung haben zu wollen. Jetzt war sie froh, dass sie doch dem Bitten ihrer Mutter nachgegeben hatte.

Uwe sah, wie Claudia verzweifelt einen Stellplatz für die Blumen suchte. Die Wohnung ließ nicht viel Möglichkeiten übrig und der kleine Tisch war schon mit dem Brötchenkorb, den zwei Gedecken, Butter, Wurst, Käse und Marmelade überfordert. Kurzerhand stellte sie die Vase mit den Blumen auf den Herd.

„Bischen klein, deine Wohnung", kommentierte Uwe. „Nächstes Mal kommst du zu mir. Ich hab drei Zimmer mit Balkon."

„Eine größere Wohnung kann ich mir nicht leisten", gab Claudia zurück. Dabei verschwieg sie, dass ein Großteil der Miete sowieso von ihren Eltern getragen wurde. „Außerdem verdient eine Auszubildende als Bankkauffrau nicht soviel wie ein Kfz-Mechaniker", sagte sie.

Uwe hatte ihr gestern Abend sein halbes Leben erzählt und mit seinem Gehalt im zweiten Gesellenjahr geprahlt.

„Na ja. Is aber gemütlich", lenkte er ein.

Auf der einen Seite mochte sie es schon, wenn Uwe ihr einen Drink spendierte, oder ihr Blumen mitbrachte, aber seine Angeberei ging ihr auf den Zeiger.

Ein Gedanke schwappte unwillkürlich aus ihrem Unterbewusstsein an die Oberfläche: Uwe benimmt sich wie eine Mischung zwischen Michael und Frank.

Claudia setzte sich und sah zu, wie Uwe sich mit Heißhunger auf das Essen stürzte. Sie selbst begnügte sich mit einem halben Brötchen; ihr Magen schlug immer noch Kapriolen.

In Lauf des Vormittags entpuppte Uwe sich wieder als guter Gesprächspartner. Wenn er sein angeberisches Verhalten beiseitelegte, konnte man mit ihm über Gott und die Welt reden.

Plötzlich klingelte es an der Haustür.

„Erwartest du jemand?", fragte Uwe.

Claudia zuckte nur mit den Schultern und hob den Hörer des Haustelefons ab.

„Hallo?"

„Jutta. Kann ich hochkommen?"

„Na klar", bestätigte Claudia und drückte die Öffnertaste. „Jutta steht unten", informierte sie Uwe. „Sie hört sich nicht gerade happy an."

Kurze Zeit später trat Jutta aus der Aufzugskabine. Sie sah fürchterlich aus. Sie trug noch dieselben Klamotten wie gestern, die jedoch jetzt an vielen Stellen gerissen und dreckig waren. Ihre Frisur hatte sich aufgelöst, die Schminke war total verwischt. Sie zitterte und die Tränen liefen ihr über das Gesicht.

Entsetzt nahm Claudia ihre Freundin in die Arme. „Was ist passiert?"

Jutta schluchzte. „Der Typ. Von gestern Abend. Thomas ..."

Uwe stand vom Tisch auf. „Was hat der Arsch gemacht?", fragte er und half Claudia Jutta aufs Bett zu setzen.

„Wir haben auf einem Waldparkplatz rumgeknutscht. Als der Kerl aber immer aufdringlicher wurde und so fest zupackte, dass es mir wehtat, habe ich ihn gebeten, mich heimzufahren." Jutta stockte. Ein paar Momente lang brachte sie keinen vernünftigen Ton mehr heraus. Dann berichtete sie weiter.

„Er hat an meinen Kleidern gerissen. Und als ich mich gewehrt habe, hat er mich aus seinem Auto geworfen und im Wald zurückgelassen."

„So ein Scheißkerl. Wenn ich den erwische, polier ich ihm die Fresse", versprach Uwe und legte seinen Arm um Jutta. „Weißt du, wie er mit Nachnahmen hieß?"

Claudia legte ebenfalls ihren Arm auf Juttas Schulter, gab ihr ein Taschentuch und sah Uwe durchdringend an. Sofort nahm er seinen Arm von Jutta.

„Nein. Leider nicht." Sie nahm das Taschentuch und schnäuzte.

„Ich hab dann in einer Schutzhütte gepennt. Ich wusste ja nicht, wo ich war und es war dunkel. Heute Morgen hab ich mich dann auf den Weg in die Stadt gemacht." Immer mehr Tränen liefen an ihrem Gesicht runter. „Ich kann doch so nicht nachhause gehen", jammerte sie.

„Geh erst mal duschen und ruh dich aus. Ich leg dir ein paar Klamotten von mir hin, die kannst du dann später anziehen. Wir holen in der Zwischenzeit meinen Panda und lassen dich noch ein paar Stunden schlafen, bevor ich dich heimfahre."

Während Jutta unter der Dusche stand und Claudia aus ihrem Schrank frische Klamotten für sie raussuchte, sah Uwe sich in der Wohnung um. An dem Regal über dem Schreibtisch blieb er stehen.

„Hey, du hast ja einen Zauberwürfel in der Originalverpackung. Kann ich den mal rausnehmen und ein bisschen drehen? Keine Angst, ich hab auch einen gehabt und kann den wieder zurückdrehen!", rief er.

„Nein!" Claudia schlug die Schranktür zu. „Das ... das ..."

Was soll ich sagen? Dass es ein Erinnerungsstück ist und ich es in seinem Originalzustand belassen will?

Erschrocken legte Uwe den Würfel wieder zurück auf das Regal. „Schon gut. Schon gut. Wenn dein Herz daran hängt, fass ich ihn nicht an."

Claudia kam zwar um eine Erklärung rum, aber was sollte Uwe jetzt von ihr denken?

„Ich hab auch manche Sachen, die mir heilig sind", beruhigte er sie und sah in ihre blauen Augen. Dabei interpretierte er ihren Blick, der in der Vergangenheit bei Michael festhing, als Liebe zu ihm . Kurzentschlossen nahm er sie in seine Arme und gab ihr einen langen Kuss.

Claudia schloss die Augen. Sie genoss es, nach langer Zeit wieder einmal so geküsst zu werden und dachte nicht mehr an die Vergangenheit.

***

Der Wecker klingelte pünktlich um 6.30 Uhr. Claudia quälte sich aus dem Bett. Heute war wieder mal so ein Montag. Sie würde einige Zeit brauchen, bis sie ihr Aussehen auf Banktauglichkeit gebracht hatte. Dabei war es gestern Abend gar nicht so spät geworden. Nachdem sie den Panda geholt und Jutta nachhause gefahren hatten, war sie mit Uwe noch ins Kino gegangen. Außer Knutschen war nichts weiter gewesen und er hatte sich direkt nach dem Kino von ihr verabschiedet.

Claudia war sich nicht sicher, ob das ein gutes oder ein schlechtes Zeichen war. War er doch nicht so der Draufgänger, für den er sich oft ausgab, oder hatte er das Interesse an ihr verloren? Auf jeden Fall ließ sie der Gedanke an ihn nicht mehr los. Die berühmten Schmetterlinge flogen weiter in ihrem Bauch Formationsflug.

Trotz der großen Zeitspanne, die sie immer einplante, musste sie sich beeilen, zog sich hastig den grauen Rock und die hellblaue Bluse an; sie hatte zu viel Zeit mit dem Träumen unter der Dusche verbracht.

Der Panda brachte sie zuverlässig an ihr Ziel und kurze Zeit später saß sie hinter der Panzerglasscheibe. Montags war immer massenhaft Betrieb auf der Bank. Viele hatten am Wochenende ihr ganzes Bargeld ausgegeben und brauchten nun Nachschub.

Diese Arbeit könnte auch ein Roboter erledigen, dachte Claudia. Immer dieselben Schritte.

Nach und nach wurde die Menschenschlange vor dem Schalter kleiner. Die Frau, die gerade hundert DM abgeholt hatte, drehte sich um und gab ihren Platz an vorderster Front an den nächsten Kunden über.

„Hallo Claudia."

Vor ihr stand ein Mann in ihrem Alter. Schwarze Haare, schwarze Augen und ein Gesicht, das ihren ganzen Körper kribbeln ließ. Konnte es möglich sein?

Sie sah genauer hin, aber es gab keine Narbe auf der Nasenwurzel.

Erleichterung mischte sich mit Enttäuschung.

„Hallo Frank", begrüßte Claudia ihren ehemaligen Klassenkameraden.

1985: Frank

„Ich wusste gar nicht, dass du hier arbeitest", sagte Frank und lächelte sie an.

Zu Claudias Erstaunen ließ das Kribbeln nicht nach. Frank hatte, als sie noch gemeinsam in eine Klasse gingen, durch seine blöden Bemerkungen, nur negative Gefühle in ihr hervorgerufen. Umso erstaunter war sie über die nächste Aussage.

„Schön dich zu sehen. Du siehst gut aus."

„Danke. Was kann ich für dich tun?" Sie versuchte, die aufkommende Unsicherheit zu überspielen, und das Gespräch in geschäftliche Bahnen zu lenken.

„Wann hast du Feierabend? Ich würde gerne mit dir einen Kaffee trinken und mich über alte Zeiten unterhalten", erwiderte er stattdessen.

Privatgespräche wurden nicht gerne gesehen, außerdem standen noch einige Kunden in der Warteschlange.

„Um fünf", antwortete Claudia kurzentschlossen. Sie spürte, wie die aufkommende Hitze in ihre Wangen stieg.

Er lächelte sie an und reichte ihr einen Auszahlschein unter der Trennscheibe durch. „Super. Ich hol dich ab. Wenn du mir jetzt noch 50 DM von meinem Konto gibst, bin ich zufrieden."

Nachdem Frank die Bank wieder verlassen hatte, arbeitete sie noch mechanischer. Ihr unterliefen einige Anfängerfehler und sie musste sich zusammenreißen, um ihre Arbeit über die Bühne zu bekommen.

Warum habe ich auf Franks Vorschlag mich abzuholen nicht anders reagiert und ihm abgesagt?, fragte sie sich.

Für heute Abend war ein Essen mit Uwe bei ihr zuhause geplant. Wenn sie sich gleich mit Frank traf, blieb ihr kaum noch Zeit etwas für das Abendessen vorzubereiten.

Die Zeiger der Uhr krochen langsam in Richtung Feierabend.

Als ihr Chef endlich zuschloss, sah sie Frank durch die Scheibe vor der Tür stehen.

Kurz dachte Claudia an Flucht. Der Hinterausgang der Bank führte direkt in den Hof, auf dem ihr Auto stand. Die Zufahrt erfolgte durch eine Seitenstraße, die vom Haupteingang her nicht einsehbar war. Es war also möglich, dem Treffen aus dem Weg zu gehen.

Sie verwarf den Gedanken wieder, schwor sich aber spätestens um 18.00 Uhr Adieu zu Frank zu sagen. Sie ließ ihr Auto stehen und ging nach vorne zum Haupteingang.

„Hallo Claudia. Ich hatte schon Angst, du würdest mich versetzen", empfing sie Frank.

„Hätte ich auch beinahe gemacht", gab sie zu. „Ich muss nämlich noch ein Abendessen für mich und meinen Freund vorbereiten."

Besser er weiß direkt Bescheid, bevor er sich irgendwelche Hoffnungen macht. Wenn er sich immer noch so verhält, wie damals in der Schule, dann ist sowieso alles nur Verarsche.

„Gut, das du etwas Zeit für mich übrighast", sagte Frank, ohne den Zynismus, mit dem er sonst immer seine Reden gewürzt hatte.

Claudia sah ihm in die Augen, die sie sofort an Michael erinnerten. Konnte es sein, dass Frank sich geändert hatte? Auf jeden Fall sah er inzwischen männlicher aus, als sie ihn in Erinnerung hatte. Seine ganze Art erschien ihr auf einmal nicht mehr so nervig.

„Eine Stunde kann ich investieren", erwiderte sie.

„Investieren ist gut." Frank lachte sie an. „Aus dir spricht die Bankkauffrau."

In dem Moment wurde ihr bewusst, dass sie nicht gerade attraktiv aussah, in ihrem grauen Bankangestelltenoutfit.

Egal, ich hab einen Freund, dachte sie und zog ihre Bluse in Form. Ich will auch gar nichts von Frank.

„Du wolltest mich einladen?"

„Hier vorne um die Ecke ist doch ein Café. Wenn es dir recht ist, können wir dahin gehen."

Claudia staunte. Das war ganz und gar nicht der Frank, den sie kannte.

***

Frank trank seinen letzten Schluck Kaffee. „Und darum wohne ich jetzt hier."

Claudia kannte sein Leben nun besser, als in den ganzen Jahren, in denen sie gemeinsam zur Schule gegangen waren.

Er hatte das Abi mir Bravur geschafft und wollte hier in der Stadt Medizin studieren.

„Find ich gut, dass deine Eltern dir eine Wohnung bezahlen", meinte sie. Eigentlich wollte sie „finanzieren" sagen, aber das hätte wieder zu bankkauffrauhaft geklungen.

„Mein Vater verdient genug Kohle als Anwalt und ich bin ihr einziger Sohn."

„Kann ich nachvollziehen. Ich hab auch keine Geschwister."

In dem kleinen Café hielt sich außer ihnen nur noch eine Kundin auf, die gerade zahlte. Claudia sah auf die Wanduhr mit der gemalten Kaffeetasse in der Mitte und erschrak.

„Was ist?", fragte Frank.

„Es ist schon Viertel nach sechs. Ich muss noch schnell etwas einkaufen für heute Abend."

„Dann solltest du dich wirklich beeilen. Ich glaub der ALDI nebenan hat bis halb sieben geöffnet."

Die Zeit mit Frank war unheimlich schnell vergangen. Sie versuchte sich zu sammeln; an das ursprüngliche Vorhaben, Rouladen mit Rotkraut und Klößen zu kochen, war nicht mehr zu denken.

Claudia stand auf. „Entschuldige, aber ich muss mich beeilen."

„Schon okay. Wir sehen uns ja dann am Freitag. Bring ruhig deinen Freund mit!", rief Frank ihr hinterher, als sie schon fast zur Tür raus war. Er hatte sie zu seiner Einweihungsparty am Freitagabend eingeladen.

„Na klar", antwortete Claudia. „Ich bring auch was zu trinken mit", versprach sie und eilte nach draußen.

Das Geschäft um die Ecke hatte noch zehn Minuten geöffnet. Sie rannte durch die Gassen mit den Regalen, griff nach den Nudeln und der Tomatensoße, packte noch einige

Kleinigkeiten und eine Flasche Wein in den Einkaufswagen. Kurz vor Ladenschluss stand sie als letzte Kundin an der Kasse.

Sie zahlte und ging zu ihrem Auto. Auf dem Weg sah sie, wie in dem Café die Lichter ausgingen. Frank war nicht mehr zu sehen. Er war bestimmt schon in seiner Wohnung, die nur ein paar Blocks entfernt lag.

Claudia stieg ein, warf die Einkaufstüte auf den Beifahrersitz. In einer halben Stunde wollte Uwe bei ihr sein. Trotzdem nahm sie sich einige Minuten Zeit, um über die Begegnung mit Frank nachzudenken. So kannte sie ihn gar nicht. Er erschien ihr viel reifer und ernster als früher. Ein paar Mal hatte sie das Gefühl, Michael säße ihr gegenüber. Doch Frank noch einmal auf die verblüffende Ähnlichkeit mit dem Jungen aus dem Zeltlager hinzuweisen - dazu hatte sie keine Lust. Zu sehr war ihr noch seine damalige Reaktion auf ihren Hinweis in Erinnerung.

Nachdenklich startete sie den Motor des Pandas.

Das Abendessen mit Uwe wartete.

***

Die Einkaufstüte landete auf dem Herd, die Arbeitskluft auf dem Boden. Claudia sprang unter die Dusche. Noch eine viertel Stunde. Kochen oder gut aussehen? Sie entschied sich für das Letztere. Kochen konnte sie auch noch, wenn Uwe bei ihr war.

Ihre blonden Haare waren noch nass, als es klingelte.

„Wow!", meinte Uwe nur, als sie ihm die Tür öffnete. Claudia hatte ihren schwarzen Minirock und ein pinkes Oberteil angezogen.

„Du siehst auch gut aus", erwiderte sie. Uwe hatte eine schwarze Jeanshose, ein rosa T-Shirt und ein weißes Sakko an.

„Für dich. Statt Blumen." Er gab ihr eine Schachtel Pralinen, umarmte und küsste sie. „Ich hab einen Bärenhunger."

„Wir mussten heute länger in der Bank bleiben. Es gab Probleme mit der Abrechnung", log Claudia. „Deshalb hatte ich nicht so viel Zeit zum Einkaufen und fang erst jetzt mit dem Kochen an."

Seit ihr letzter Freund sich als sehr eifersüchtig erwiesen hatte, war sie vorsichtig mit Äußerungen über harmlose Treffen mit anderen Männern. In dieser Beziehung wusste sie noch nicht, wie Uwe tickte, und nahm sich vor, seine Toleranzgrenze erst langsam auszutesten.

„Schon okay. Lass dich nicht aus dem Konzept bringen. Ich schau solange fern." Uwe ging zu dem kleinen Schwarzweißfernseher, der auf dem Regal am Fußende des Bettes stand, während Claudia sich in der Kochecke zu schaffen machte.

„Es gibt auch leider nur Nudeln mit Tomatensoße!", rief sie ihm zu, stellte das Wasser für die Nudeln auf.

„Nicht schlimm", beschwichtigte Uwe und schaltete den Fernseher ein. Aus dem Lautsprecher des Fernsehers quälte sich die Fanfare der Tagesschau. Er stand auf und drückte auf den Knopf für das ZDF. Dort wurde eine Reportage über Affen gezeigt. Auch das dritte Programm sendete nichts, was seinem Geschmack entsprach. Er ging in die Kochecke und legte seine Arme von hinten um Claudia, die gerade die Nudeln in das kochende Wasser kippte. Leidenschaftlich küsste er ihren Hals. Das Kribbeln war Claudia plötzlich unangenehm.

Sie war verwirrt; etwas stimmte nicht. War es die Geschwindigkeit, mit der Uwe voranpreschte, oder war es das Treffen mit Frank, das sie so verunsicherte?

„Lass mich erst mal kochen", sagte sie und löste sich aus der Umarmung.

„Schade", kommentierte er die Abweisung. „Kann ich dir wenigstens beim Kochen zusehen? Im Fernsehen kommt nämlich nichts Gescheites." Ohne die Antwort abzuwarten, setzte er sich auf einen Stuhl. „Mein Onkel in Ludwigshafen hat es da besser. Der nimmt nämlich an diesem Kabelpilotprojekt teil und hat viel mehr Programme als die üblichen drei", informierte er Claudia, die nur mit halbem Ohr zuhörte.

Sie spürte Uwes Blicke in ihrem Rücken und zog den Minirock etwas nach unten. Wie bin ich nur auf die Idee gekommen, ihn zum Essen einzuladen? Ich hätte ihn erst noch näher kennenlernen sollen.

Auf der anderen Seite war Uwe ein netter Kerl und sie fühlte sich in Grund genommen wohl in seiner Gegenwart.

„Deine Soße!"

Claudia war so in Gedanken, dass sie erst jetzt bemerkte, wie aus dem Topf mit der Tomatensoße Rauch aufstieg. Schnell versuchte sie zu retten, was noch zu retten war, nahm den Topf vom Herd. Zu spät - die Soße am Boden des Topfes war angebrannt.

„Ist mir auch schon passiert", beruhigte sie Uwe.

Mir nicht, dachte Claudia. Ich darf mich nicht von den Gedanken an Michael, Frank und meinen früheren Beziehungen ablenken lassen. Ich sollte mich auf Uwe konzentrieren.

„Tut mir leid", entschuldigte sie sich, hielt dabei den Topf mit den Nudeln immer im Blick. Noch so ein Missgeschick sollte ihr nicht passieren. „In der Tüte ist noch eine Flasche Wein und hier in der Schublade ist ein Korkenzieher."

Uwe nahm den Korkenzieher aus der Schublade und öffnete die Weinflasche. „Wo sind Gläser?"

„Im Schrank über der Spüle", antwortete Claudia und schüttete die Nudeln in ein Sieb.

Uwe griff über sie, öffnete die Schranktür. Sein Aftershave von Lacoste stieg ihr in die Nase. Sie spürte seinen Körper, seine Atemzüge drangen an ihr Ohr.

Claudia stellte den Topf ab. Sie drehte sich herum und sah Uwe in die Augen. In dem Moment zählte nur er. Alle Anderen rückten in weite Ferne, als sie ihn umklammerte. Mit einem langen Kuss, der nie enden wollte, führte sie ihn aus der Kochecke zu ihrem Bett. Nudeln, Tomatensoße und Wein waren vergessen.

***

„Was für ein Typ ist dein Freund?", fragte Uwe.

„Als Freund würde ich ihn nicht gerade bezeichnen. Wir waren zusammen in einer Klasse."

Claudia hatte Uwe von Frank erzählt und stylte sich gerade für die Einweihungsparty. Das Treffen mit Frank in dem Café hatte sie dabei aber nicht erwähnt.

„Auf jeden Fall finde ich es nett von ihm, dass er damit einverstanden ist, dass du Jutta mitbringst", bemerkte Uwe. Er stand hinter Claudia am Spiegel und kontrollierte seine Frisur.

„Finde ich auch!", rief Jutta. Sie saß auf der Kante von Claudias Bett und sah sich gerade DERRICK an. „Noch netter finde ich, dass ich über das Wochenende hier pennen kann."

Nach dem Vorfall vom Wochenende hatten Claudia und Jutta viel miteinander telefoniert. Der Typ, der sie aus dem Auto gestoßen hatte, blieb verschwunden. Jutta, die sich wieder einmal mit ihren Eltern zerstritten hatte, wollte das Wochenende nicht alleine verbringen und so hatte Claudia ihr kurzerhand angeboten, mit zu Franks Party zu kommen und bei ihr zu übernachten. Dann hatte sie Frank angerufen und ihn gefragt, ob sie Jutta mitbringen könne.

Auf Minirock oder Leggings hatte Claudia diesmal verzichtet. Eine Einweihungsparty war keine Disco, und so trug sie eine schwarze Karottenhose und ein rotes Top. Auch Uwe hatte das Seidenhemd gegen ein Baumwollhemd getauscht.

Nur Jutta fiel etwas aus dem Rahmen mit ihrer Pumphose und der Bluse mit den Schulterpolstern.

„Willst du dich nicht doch noch umziehen?", fragte Claudia, als sie aus dem Badezimmer kam.

„Warum? Sieht doch gut aus."

„Ich finde auch, dass du super aussiehst", bestätigte Uwe.

Claudia zuckte mit den Schultern. „Ich mein ja nur." Sie hatte Jutta schon vorhin angeboten, sich etwas anderes zum Anziehen aus ihrem Schrank auszusuchen.

Uwe winkte mit seinem Autoschlüssel. „Ladys, seid ihr bereit?"

Jutta stand auf, schaltete den Fernseher aus und stellte sich vor Claudia. „Bin mal gespannt, ob dieser Frank dem Michael aus dem Zeltlager wirklich so ähnlich sieht, wie du immer behauptet hast."

***

Die Fahrt mit dem Manta hatte nur zehn Minuten gedauert.

„Hier muss es sein", vermutete Claudia. Sie verglich die Hausnummer mit der Angabe auf dem Zettel, den sie von Frank in dem Café erhalten hatte.

„Er scheint reiche Eltern zu haben. In dieser Gegend eine Wohnung zu mieten ist bestimmt nicht gerade billig", vermutete Uwe.

In dem Stadtviertel standen viele neue, mehrstöckige Häuser, umgeben von gepflegten Grünanlagen.

„Ich hab dir doch gesagt, dass sein Vater Anwalt ist", bekräftigte Claudia.

„Und ich wette, dort vorne steht das Auto seines Alten." Uwe hatte einen Mercedes entdeckt, der direkt vor dem Haus stand. Er selbst musste noch einige Meter weiterfahren, bevor er einen Parkplatz fand und sie aussteigen konnten.

„Die Party scheint schon in vollem Gange zu sein", sagte Jutta. Aus dem dreigeschossigen Haus drang „People are people" von Depeche Mode.

Neben den Klingeln war ein Pappschild angebracht. „Für die Einweihungsparty bei Frank Soltau - Bitte laut klingeln!", stand dort.

Claudia sah Uwe ratlos an. „Wie soll das den gehen? Laut klingeln?"

„Na ganz einfach", behauptete Uwe. Er drückte auf den Klingelknopf, ließ los, drückte wieder, ließ los…

Nach einer halben Minute Intervallklingelns öffnete sich endlich die Haustür.

„Kommt hoch. Erster Stock!", rief Frank gegen die Stimme von Annie Lennox an; die Musik hatte zu Eurythmics gewechselt. „Hey, schön das ihr da seit", empfing er seine neuen Gäste.

Claudia staunte nicht schlecht.

Die Wohnung bestand aus zwei, weitgehend möbelfreien Zimmern, Küche und Bad. In einem Zimmer war eine Stereoanlage mitsamt Lichtorgel aufgebaut, zu dessen wummerndem Bass schon einige Besucher tanzten. In dem anderen Raum stand ein Buffet, das kaum Wünsche übrig ließ. Überall hingen Luftballons, Luftschlangen und Girlanden. Claudia schätzte die Anzahl der Gäste auf mindestens dreißig.

„Ich hab vorsichtshalber die Nachbarschaft eingeladen, damit sich keiner über die laute Musik beschweren kann", erläuterte Frank und grinste Claudia an. Dann gab er Uwe die Hand. „Du bist bestimmt Claudias Freund."

„Uwe Hof. Hallo Frank", bestätigte der.

Er ging weiter zu Jutta, reichte auch ihr die Hand. „Und du musst Jutta sein. Kommt mit."

„Du hast recht. Er hat Ähnlichkeit mit Michael, obwohl ich mich nur noch schwach an ihn erinnern kann", flüsterte Jutta ihrer Freundin ins Ohr, während Frank sie zielstrebig zu einem älteren Paar führte, das sich angeregt mit einer Frau unterhielt.

„Darf ich vorstellen. Meine Eltern, Hans und Monika Soltau", sagte er mit einer theatralischen Handbewegung, die auf das Paar wies. „Die Frau, mit der die Beiden sich so angeregt unterhalten, ist meine Ersatzmutter: Sabine Görg", fuhr er fort.

„Er übertreibt gern", beschwichtigte Sabine. „Seine Mutter und ich sind Freundinnen seit unserer gemeinsamen Schulzeit. Ich hab mich früher öfter mal um Frank gekümmert."

Frank legte seine Hand auf Sabines Schulter. „Also für mich bist du immer wie eine zweite Mutter gewesen."

„Stimmt", bestätigte Monika Soltau. „Wenn ich krank war, oder Termine hatte, warst du immer für Frank da."

Sabines Augen gingen nach unten. „Ihr macht mich ganz verlegen. In den letzten Jahren hatte ich doch so wenig Zeit für Frank."

„Anderes Thema", dröhnte die dunkle Stimme von Hans Soltau durch den Raum. Die Musik hatte kurz ausgesetzt und jedes Gespräch klang auf einmal lauter. Franks Vater drosselte seine Sprachlautstärke. „Mit wem haben wir die Ehre?", fragte er seinen Sohn.

„Claudia Simon mit ihrer Freundin Jutta und ihrem Freund, dessen Name mir im Moment nicht einfällt. Claudia ging bis zur Zehn mit mir in eine Klasse", klärte Frank seinen Vater auf.

„Ach, die Tochter vom Bäcker Simon. Frank hat mir von dir erzählt." Claudia spürte seinen kräftigen Händedruck und fragte sich, ob seine Aussage eine Floskel war, oder ob Frank wirklich etwas von ihr erzählt hatte.

Hans Soltau begrüßte nun auch Jutta und Uwe mit Handschlag.

„Ich heiße Uwe Hof. Vielleicht können SIE sich ja meinen Namen besser merken als ihr Sohn", stellte er sich vor, schüttelte Hans übertrieben freundlich die Hand und sah Frank dabei verärgert an.

Claudia griff nach Uwes Hand. „Wir holen uns jetzt erst mal etwas zu essen", sagte sie und zog ihn von Frank und seinen Eltern weg. „Das Bier ist in der Küche!", rief Frank ihnen noch nach.

„Was sollte das?", zischte Claudia.

„Hat dieser Typ so ein kurzes Gedächtnis, dass er sich meinen Namen nicht merken kann? Und überhaupt; hast du schon bemerkt, wie er dich angafft?"

„Nun mach mal langsam Uwe", mischte sich Jutta ein, die den Beiden zum Büfett gefolgt war. „Der sieht Claudia nicht anders an wie mich. Und das er sich deinem Namen nicht merken konnte, kann doch mal passieren."

„Hmm", machte Uwe, nahm sich Kartoffelsalat, Frikadellen und halbe Eier vom Büfett. Dann schlenderte er betont lässig in die Küche und nahm sich eine Flasche Bier aus dem großen Kühlschrank.

„Du musst noch fahren", erinnerte ihn Claudia. „Ich hab keine Lust auf noch so eine tolle Autofahrt mit dir."

„Is ja schon gut", grummelte Uwe. „Nur das eine Bier. Morgen muss ich sowieso früh aufstehen und arbeiten, meinst du da hätte ich Bock mich zu besaufen?"

Claudia und Jutta schenkten sich von der Ananasbowle ein, füllten ihre Teller mit Reissalat und Käsehäppchen. Dann gingen die Drei wieder zurück zu Frank und seinen Eltern.

Mittlerweile hatte sich noch ein Mädchen dazugestellt. Frank hatte seinen Arm um ihre Hüfte gelegt.

„Lasst es euch schmecken", sagte er.

Claudia sah sich das Mädchen genauer an. Hochhackige Schuhe, Minirock, weiße Bluse und stark geschminkt bis unter die Haarwurzeln. Die Tussi sieht aus, als ob sie hier auf Kundenfang wäre, dachte sie.

„Das ist meine Freundin Andrea", stellte Frank die Geschminkte vor, gab ihr einen Kuss auf die Wange.

Er hat mir in dem Café sein ganzes Leben erzählt. Warum hat er nie eine Freundin Andrea erwähnt?

„Claudia, Jutta und Uwe", stellte er Andrea die Dazugekommenen vor. Uwes Namen betonte er dabei besonders stark. „Entschuldigung noch mal wegen eben. Deinen Namen werde ich jetzt nicht mehr vergessen."

„Ja, ja. Schon gut", winkte Uwe ab und biss in eine Frikadelle.

Andrea nickte nur knapp. Ihr Blick schien Claudia und Jutta auf Konkurrenzgefahr hin durchleuchten zu wollen. Sie nahm ihren Freund an die Hand. „Komm wir tanzen."

Frank sah Claudia im Vorbeigehen an, zuckte mit den Schultern. Dann stand er auch schon mitten im Raum und tanzte etwas verkrampft zu Baltimoras „TARZAN BOY". Im Gegensatz dazu schwang Andrea wild ihre Hüften.

„Wow", entfuhr es Uwe, der Franks Freundin anglotzte. Dafür fing er sich einen Rippenstoß von Claudia ein.

„Wie eine billige ...", meinte sie, verschluckte aber sofort den Rest, als ihr wieder einfiel, dass Franks Eltern in Hörweite standen.

Die schienen Gott sei Dank nichts gehört zu haben, unterhielten sich weiter mit Jutta.

Dafür sprach Sabine, die Freundin von Franks Mutter, sie an. „Ich hab Frank schon mehrmals gesagt, er soll die Finger von dem Mädchen lassen. Es gibt so viel Bessere für ihn."

„Da haben sie recht. Aber damals in der Schule hat er auch nur diese Art Freundinnen gehabt", bestätigte Claudia.

„Ich weiß. Aber mittlerweile hat er sich verändert, und so ein Flittchen passt nicht mehr zu Frank." Sabine nahm Claudia das leere Bowleglas aus der Hand. „Ich hol dir noch eine. Und hör auf mich zu siezen, dass macht mich so alt."

„Die ist ja gut drauf", kommentierte Uwe, während Sabine ihr und Claudias Glas auffüllte. „Meine Mutter hat meinen Kumpels nie das Du angeboten, obwohl sie jahrelang bei uns ein und aus gingen."

Auch Claudia war verblüfft. Diese Lockerheit kannte sie sonst nicht von den älteren Semestern.

Inzwischen hatte der Junge hinter der Musikanlage eine neue Single aufgelegt. Frank stieß wieder zu ihnen, gefolgt von der keifenden Andrea.

„Was ist los? Hast du keine Lust mit mir zu tanzen?"

„Ich mag das Lied nicht", war Franks lapidare Antwort.

„Dann nicht", schleuderte Andrea ihm entgegen, drehte sich um, stöckelte wieder zurück und tanzte zu Madonas Hit: LIKE A VIRGIN.

„Gerettet", seufzte Frank.

Sabine kam mit den Bowlegläsern zurück. „Soll ich dir auch etwas zu trinken holen?", fragte sie. „Du siehst so erschöpft aus."

„Nein danke, Ersatzmama. Du musst mich nicht bedienen. Ich geh schon selbst", grinste Frank. Kurze Zeit später stand er wieder, mit einem Asco in der Hand, bei Claudia, Sabine und Uwe, der immer noch mit bedauerlicher Mine an seinem einen erlaubten Bier nippte.

„Was haltet ihr von meiner Wohnung?"

„Schön. Aber noch verdammt leer, wenn man von dem Buffet und er Stereoanlage mal absieht", meinte Uwe.

„Zurzeit schlafe ich noch auf einer Matratze. Meine Möbel kommen aber die nächsten Tage", erklärte Frank. „Ich dachte, ich mache die Party, bevor hier kein Platz mehr ist."

„Mir gefällt die Feier", bestätigte Sabine. Sie hatte ihr Glas leer und forderte Claudia auf, ihre Bowle auch fertigzutrinken.

Was soll's, dachte Claudia und schluckte den Rest mitsamt den Ananasstückchen hinunter. Ich muss ja nicht fahren.

Diesmal nahm sie die Gläser und sorgte für den Nachschub.

Jutta hatte ihr Gespräch mit Franks Eltern beendet und stand auch wieder bei ihnen, als Sabine einige Geschichten aus Franks Kindheit zum Besten gab. Claudia wurde fast neidisch auf das gute Verhältnis, das zwischen ihr und Frank zu bestehen schien. Sie hatte in seinem Leben wohl so eine Stellung zwischen Mutter und älterer Schwester eingenommen.

„Total langweilig hier." Andrea stand plötzlich neben Frank. „Ich glaub ich fahr in die TANZHALLE. Viel Spaß noch", säuselte sie, warf Claudia und Jutta einen abschätzigen Blick zu, gab Frank einen Kuss und stolzierte davon.

„Reisende soll man nicht aufhalten", war Franks Kommentar zu dem Thema. Er hob sein Glas hoch. „Trinkst du einen mit?", fragte er Uwe.

„Würde ich gerne. Aber danke, nein. Ich darf nicht." Uwes Augen blitzen Claudia an.

„Ich hätte auch fahren können", verteidigte sich Claudia.

„Schon gut. Trink du mal lieber deine Bowle."

***

Es blieb nicht bei der Bowle. Im Lauf des Abends stieg Claudia, unter kräftiger mithilfe von Franks Ersatzmutter Sabine, auf Batida - Kirsch um. Einige Gäste waren schon gefahren, unter anderem Franks Eltern. Während Claudia sich immer noch prächtig mit Sabine und Frank unterhielt, standen Uwe und Jutta neben ihr und drängten zum Aufbruch.

„Mir stinkt es auch samstags zu arbeiten", gab Uwe zu. „Aber ich muss morgen früh aufstehen und würde jetzt gerne fahren." Er nahm Claudia an die Hand.

„Die Unterhaltung tut mir gerade so gut", antwortete Claudia mit verschwommenem Blick und tätschelte Uwes Wange.

„Ich bin aber auch müde. Komm wir gehen", drängte Jutta.

Ohne weiter auf die Forderungen von Uwe und Jutta einzugehen, ging Claudia zu ihrer Handtasche, die unter dem Tisch mit der Stereoanlage stand. Sie kam zurück mit einem Schlüsselbund in der Hand. „Der hier ist für die Haustür, und der hier für die Wohnung", erklärte sie Jutta, die sie nur fragend ansah.

Uwes ohnehin schlechte Stimmung sank weiter. „Was soll das?"

„Bringst du Jutta zu mir nach Hause? Ich komme dann später mit einem Taxi nach."

Uwe starrte Claudia an. In seine Totenmaske kam erst dann Bewegung, als Claudia ihm einen ausgiebigen Kuss gab. „Bitte", säuselte sie.

„Na gut. Aber mach nicht mehr so lang."

Uwe ergab sich seinem Schicksal; er hatte sich den Abend eigentlich anders vorgestellt.

Claudia wand sich wieder an Jutta. „Du kannst ruhig schon schlafen. Das sind die Ersatzschlüssel." Sie nahm Juttas Hand mit den Schlüsseln und drückte sie zu einer Faust zusammen.

„Okay", bestätigte Jutta. Bei den ersten Batida - Kirsch hatte sie gut mitgehalten, doch jetzt machten sich langsam Ausfallerscheinungen bemerkbar.

Sabine griff nach Frank und Claudias Gläsern. „Na dann. Da das ja jetzt geklärt ist, sorge ich für Nachschub."

Uwe verzog das Gesicht, verabschiedete sich und verließ mit Jutta die Party.

Nach und nach gingen auch die anderen Gäste. Sabine war, außer Claudia, die letzte Besucherin. „Bist du dir sicher, dass du dir extra einen Wagen kommen lassen willst?", fragte

Sabine. Unten auf der Straße hupte ihr Taxi. „Du kannst ruhig mitkommen."

Claudia überlegte kurz. Sie hätte nie geglaubt, dass sie das einmal denken würde, aber Franks Gesellschaft hatte ihr gefallen. Sie wollte nicht glauben, dass der Abend schon zu Ende war.

„Eine halbe Stunde bleib ich noch. Frank und ich schwelgen gerade in alten Erinnerungen an die Schulzeit."

Sabine grinste. „Ich bin dann mal weg." Sie gab Frank und Claudia noch einen freundschaftlichen Kuss und schwankte zur Tür.

„Die ist ja klasse", meinte Claudia. Sie stand am Fester und winkte dem Taxi, das sie nur verschwommen wahrnahm, hinterher.

„Ich weiß", bestätigte Frank. Da der Platz hinter der Stereoanlage verwaist war, legte er eine Langspielplatte auf: TRUE von SPANDAU BALLET.

Ich sollte nicht hier sein, schoss es Claudia mit einem Mal durch den Kopf. Doch ihr körperlicher Drang nach Blasenentleerung war stärker, als dass es dieser Gedanke schaffen könnte, sich in ihrem Kopf festzusetzen.

„Ich geh mal für kleine Mädchen", informierte sie Frank und versuchte möglichst zielstrebig auf die Toilettentür zuzugehen.

Als sie nach fünf Minuten den Raum wieder betrat, hatte sich die Atmosphäre grundlegend geändert. Die Lichtorgel war ausgeschaltet. Nur ein paar Teelichter, überall verteilt, schufen spärliches, goldfarbenes Licht. In der Mitte lag eine Matratze, auf der Frank im Schneidersitz saß.

„Keine Angst. Ich tu dir schon nichts", beruhigte er sie, als er ihren fragenden Blick bemerkte. „Setz dich zu mir."

Zögernd ging Claudia auf die Matratze zu und setzte sich ihm gegenüber. Uwe spukte in ihrem Kopf, wurde aber durch die Hand des realen Frank, der ihr blondes Haar streichelte, verdrängt.

„Du bist verdammt hübsch", erklärte er. „Ist mir früher nie so aufgefallen."

Claudia konnte keinen klaren Gedanken mehr fassen. War das der Frank aus ihrer Klasse? Was hatte ihn so verändert? Oder nahm sie ihn jetzt nur anders wahr?

Er befreite sie aus ihrem Gedankenkarussell. „Wollen wir tanzen?"

Frank stand auf und zog Claudia nach oben. „I know this much is true." Tony Hadleys Stimme aus den Lautsprechern und Franks Hände, erzeugten eine Gänsehaut, die über ihren ganzen Körper ging.

Sie klammerte sich an ihn. Alle anderen Gedanken verschwanden. Es zählte nur noch der Augenblick. Und dieser Augenblick sollte ewig andauern. Langsam bewegten sie sich zu der Musik.

Doch auch der schönste Augenblick endet irgendwann. Klickend ging der Tonarm des Plattenspielers in seine Ausgangsposition zurück.

„Moment. Ich dreh grad die Platte um." Franks Wärme verließ Claudia. In diesem Moment wünschte sie sich eine Schallplatte, die nur eine Seite hätte und ewig laufen könnte. Sie setzte sich wieder auf die Matratze. In ihrem Magen machte sich ein ungewöhnliches Gefühl bemerkbar, von dem sie nicht wusste, wo es herkam. War es das Alleinsein mit Frank, das schlechte Gewissen Uwe gegenüber, oder einfach nur die Bowle und die Batidas?

„Kannst du mir jetzt ein Taxi rufen?", fragte sie.

Frank saß ihr wieder gegenüber. „Willst du wirklich jetzt noch nach Hause? Du kannst auch hier pennen. Wir können dann morgen zusammen frühstücken."

Erst jetzt bemerkte sie die Müdigkeit, die ihre Augen zeitweise zufallen ließ.

„Hast du noch eine Matratze?", erkundigte sie sich.

„Leider nein. Aber wie schon gesagt, ich tu dir nix", bestätigte Frank erneut, stand auf, holte eine Decke und ein Kissen.

„Ich vertrau dir", sagte Claudia. Der Boden drehte sich, obwohl sie saß.

Frank lächelte sie an. „Das kannst du auch."

***

Uwe stand vor ihr. „Ich liebe dich", sagte er, gab ihr einen Blumenstrauß und verwandelte sich in Frank.

„Ich liebe dich", sagte Frank, gab ihr eine Decke und verwandelte sich in Michael.

„Ich liebe dich", sagte Michael, gab ihr einen Zauberwürfel und verschwand.

So stand sie da; in der weißen Leere, mir einer Decke über dem Arm, in der einen Hand ein Blumenstrauß, in der anderen ein Zauberwürfel.

Claudia schaute an sich herunter und erschrak. Sie war nackt.

***

Ruckartig öffneten sich ihre Augenlider. In ihrem Schädel tanzten kleine Teufel zu einem dröhnenden Beat.

Ein Traum, nur ein Traum, beruhigte sie sich. Die Sonne schien auffordernd durch ein Fenster, das definitiv nicht zu ihrer Wohnung gehörte.

Schlagartig setzte die Erinnerung ein; wenn auch nur bruchstückhaft. Vorsichtig drehte sie ihren Kopf.

Neben sich sah sie die schwarzen Haare von Frank. Er lag unter der Decke und hatte sein Gesicht von ihr abgewendet.

Ohne eine allzu ruckhafte Bewegung drehte sie ihren Kopf wieder auf die andere Seite.

Der Schock, der jetzt durch ihren Körper fuhr, war größer, als der durch den Traum. Ihr Magen rebellierte.

Vor der Matratze lagen ihre Klamotten. Die Karottenhose, das rote Top, Schuhe, Strümpfe und - ihre Unterwäsche.

Erschrocken schlug sie die Decke zurück. Der Traum entsprach in diesem Punkt der Wahrheit.

Claudia sprang auf, rannte ins Bad und übergab sich. Sie drehte den Hahn auf und klatschte sich das Wasser ins Gesicht.

Aus dem Zimmer hörte sie, wie Frank sich auf der Matratze umdrehte. Plötzlich wurde ihr bewusst, dass sie noch immer nackt war. Mit zitternden Fingern zog sie sich ein großes Badehandtuch aus dem Regal.

Was ist passiert? Während sie sich das Badetuch um den Körper wickelte, versuchte sie sich zu erinnern.

Vergeblich.

Zu diffus war die Erinnerung an die Zeit, nachdem auch Sabine die Feier verlassen hatte. Sie erinnerte sich an einen Tanz mit Frank, der Rest blieb hinter einer Nebelwand verborgen.

Mit einem unguten Gefühl verließ sie das Bad.

Das ganze Zimmer war ein Schlachtfeld. Gläser, Teller mit Essensresten, Luftballons, Luftschlangen und mittendrin eine Matratze, umgeben von Klamotten und Teelichtern.

Frank hatte sich gedreht, nahm die ganze Matratze ein und lag jetzt mit dem Bauch auf der Bettdecke.

Dass auch er nackt war, überraschte Claudia jetzt nicht mehr. Sie näherte sich der Matratze und erstarrte.

Das gibt es doch nicht!

Fast hätte sie laut aufgeschrien; nicht vor Entsetzen, sondern vor Verwunderung. Sie ging noch näher. Ihr Blick blieb auf Franks Hinterteil hängen.

Das kann kein Zufall sein!

Ihren Gedanken gingen zurück in das Zeltlager vor fünf Jahren. Sie stand im Wasser und sah Klaus, der Michaels Badehose ans Ufer warf. Dann sah sie Michael, wie er nackt aus dem See ans Ufer ging. Sein sternförmiges Muttermal sprang ihr entgegen.

Das gleiche Muttermal, wie es sich jetzt auch auf Franks rechter Gesäßhälfte zeigte.

1985: Muttermal

Claudia starrte auf das Muttermal und vergaß fast zu atmen. Wie konnte das sein? Die Versuchung, Frank zu wecken, war groß. Doch sie entschied sich dagegen; ihre Angst, mehr über die gestrige Nacht zu erfahren war größer.

Ich muss zuerst meine Gedanken sammeln.

Leise sammelte sie ihre Kleider ein und zog sich an. Immer darauf bedacht, keinen Blick mehr auf Franks Hinterteil zu werfen.

Der Geruch von Zigaretten, Mayonnaise, Frikadellen, Würstchen, Bier und anderen stehengebliebenen Getränken vermischte sich zu einem Konglomerat, das sie an das stickige Bierzelt einer Dorfkirmes erinnerte, welches seit mehreren Tagen ohne Reinigung benutzt wurde.

Schnell durcheilte sie den Raum, ging rüber zu dem großen Kühlschrank. Hier fand sie in der hintersten Ecke endlich eine Flasche Wasser, die sie mit einem schnellen Ruck vom klebrigen Kühlschrankboden riss.

Das Wasser rann durch ihre Kehle, spülte ihren lädierten Magen durch und sorgte auch im Kopf für eine kurzfristige Verbesserung.

Ich verstehe das nicht. Wie können zwei Personen sich so ähneln und dann auch noch das gleiche Muttermal haben?

Für Claudia kam nur eine Lösung in Betracht. Die Beiden mussten Zwillinge sein!

Doch mein größtes Problem ist immer noch die vergangene Nacht. Was zum Henker ist passiert?

„Oh mein Kopf!"

Franks Stimme! Er musste aufgewacht sein.

Vorsichtig ging Claudia zur Tür und sah rüber zu der Matratze, die in dem Chaos wirkte wie ein Rettungsboot, umgeben von herumschwimmenden Wrackteilen.

Auf dem Rettungsboot saß Frank, den Kopf auf die Hände gestützt; mittlerweile mit Unterhose bekleidet.

Ich muss mich zusammenreißen und irgendwie aus dieser Nummer rauskommen, dachte Jutta, überwand ihre Angst vor der Wahrheit und räusperte sich lautstark.

„Wer?" Frank sah sich um. Er entdeckte Claudia, die mit einer Flasche Wasser auf ihn zukam.

„Guten Morgen Frank," begrüßte sie ihn. „Geht es dir auch so mies?"

„Ich... du... wir...", stotterte er, schnappte sich seine Hose und glotzte Claudia an, die sich auf der anderen Seite der Matratze niederließ.

„Äh, guten Morgen", brachte er schließlich krächzend hervor.

Die stickige, abgestandene Luft wurde zusätzlich aufgeladen von der Spannung, die zwischen ihm und Claudia lag.

„Ich mach mal die Fenster auf." Während Claudia die Fenster weit öffnete, zog Frank sich fertig an. Er nahm die Wasserflasche, die Claudia vor die Matratze gestellt hatte, und trank mit großen Schlucken.

Claudia kam zurück und setzte sich wieder hin.

Schweigend saßen sie nebeneinander bis Claudia die Frage stellte, die sie am meisten beschäftigte: „Hatten wir etwas letzte Nacht?" Ihr Gesicht lief rot an.

„Willst du die Wahrheit wissen?", kam die Gegenfrage.

Sie befürchtete schon Frank wurde wieder das Arschloch raushängen lassen, als das sie ihn in der Schule empfunden hatte.

Er sah ihr direkt in die Augen. „Ehrlich gesagt: Ich weiß es nicht", fuhr er fort.

Kein Spott in den Augen, kein Grinsen im Gesicht.

Oh Gott. Waren wir breit!, waberte der Gedanke durch Claudias Hirn. Wissen beide nicht mehr, was passiert ist!

„Ich erinnere mich nur noch, dass ich mich von meinen Klamotten befreit habe, weil es hier so warm und stickig war", gab er zu.

„Und ich?", fragte Claudia. So sehr sie sich auch anstrengte, ihre Erinnerung ging nur bis zu dem Tanz.

„Keine Ahnung. Bis eben wusste ich noch nicht einmal mehr, dass du hier übernachtet hast."

Franks Aussage beruhigte sie. Wenn wirklich etwas vorgefallen war, so konnte er sich scheinbar auch nicht mehr daran erinnern.

„Ich glaub Uwe braucht auch nicht zu wissen, dass ich bei dir geschlafen habe", tastete sie sich vor, in der Hoffnung auf Franks Stillschweigen.

„Ebenso wenig wie Andrea", bestätigte er.

Trotz dem Partynachgestank, glaubte Claudia wieder frei atmen zu können.

„Ich ...", begann Frank, wurde aber durch das Klingeln des Telefons unterbrochen. Er sah sich um, folgte dem Kabel, das aus der Anschussdose herauskam, und befreite das Gerät von benutzten Papptellern.

„Frank Soltau."

„Hallo Frank. Hier Jutta. Hör mal, weißt du, wo Claudia ist? Ich bin gerade aufgewacht, aber sie ist nicht hier!"

Juttas Stimme klang panisch. Ihr Erlebnis mit dem Typ aus der Disco steckte ihr wohl noch in den Knochen.

„Keine Angst. Sie ist hier", antwortete Frank und winkte Claudia zu sich.

Sie sah ihn fragend an. Mit einem knappen: „Jutta", informierte Frank sie über die Anruferin.

Die hab ich ja glatt vergessen! Claudia nahm ihm den Hörer ab.

„Äh... Hallo. Mach dir keine Sorgen. Mir geht es gut. Ich konnte gestern Abend keinen Schritt mehr gehen und hab mit ein paar von Franks Freunden hier geschlafen", flunkerte sie.

„Ja gut. Kommst du gleich? Ich fühl mich nicht besonders wohl, so allein in deiner Wohnung."

„In einer halben Stunde bin ich da. Eine gute Freundin von Frank fährt mich heim."

Mit einem befreienden Seufzer und dem Versprechen einen starken Kaffee zu kochen, legte Jutta auf.

Frank hatte mittlerweile einen großen Müllsack aufgetrieben, warf die Pappteller mir Schwung hinein. „Welche Freundin soll dich nachhause fahren?", fragte er.

Die Röte schoss ihr wieder einmal ins Gesicht. „Jutta braucht nicht zu wissen, dass ich hier mit dir alleine war. Ich nehme mir gleich ein Taxi."

„Quatsch. Ich fahr dich natürlich", bestimmte Frank.

Claudia rang mit sich selbst. Sollte sie ihm sagen, dass sie ihn eben auf der Matratze nackt gesehen und sein Muttermal entdeckt hatte? Das Muttermal, das sie noch so gut von Michael kannte?

„Ich helfe dir", sagte sie stattdessen, schnappte sich auch eine Mülltüte und sammelte den Dreck mit ein.

Ich werde es ihm schon sagen. Nur nicht jetzt.

***

Als sie aus der Aufzugstür trat, stand Jutta schon vor der Wohnungstür und empfing sie. „Na endlich. Ich hab schon gedacht, du kämst nicht mehr."

„Wir haben Frank noch beim Aufräumen geholfen."

„Komm rein, der Kaffee wartet", überging Jutta die Entschuldigung ihrer Freundin.

Claudia war überrascht. Die Wohnung war aufgeräumt, das Bett gemacht und auf dem Tisch in der Küche standen zwei Tassen mit dampfendem Kaffee.

„Ich hatte Langeweile und hab deine Wohnung etwas auf Vordermann gebracht", meinte Jutta. „Aber sag mal. Das war doch Frank in dem roten Golf, der dich da nachhause gefahren hat, oder hab ich mich verkuckt?"

Jutta muss am Fenster gestanden haben, dachte Claudia. Von hier aus konnte man genau sehen, wer in dem Autos saß. „Seine Freundin hatte… war…", stammelte sie.

„Is ja auch egal. Hauptsache du bist hier", unterbrach Jutta. „Vorhin hat übrigens Uwe angerufen."

„Was hast du ihm gesagt?", fragte Claudia gehetzt.

„Du wärst unter der Dusche. Ich wusste nicht, ob er so erfreut darüber sein würde, wenn ich ihm gesagt hätte, das du noch bei Frank bist."

Claudia atmete auf. „Gut. Muss er auch nicht wissen."

Sie setzte sich zu Jutta an den Tisch. Claudias Blick ging auf das Regal, auf dem der Zauberwürfel lag. Das identische Muttermal ging ihr nicht aus dem Kopf.

„Mhh…" Jutta sah ihrer Freundin in die Augen. „Is was?"

„Was soll sein?" Claudia hob ihre Tasse und trank einen Schluck von der schwarzen Brühe.

„Du wirkst so nachdenklich. Hat es mit Frank zu tun?"

Einen Moment lang war Claudia versucht, ihr alles zu erzählen: von dem Tanz, dem Traum und dem überraschenden Aufwachen. Sie entschied sich für die halbe Wahrheit.

„Nicht so wie du denkst. Es hat mit Frank und Michael zu tun."

Jutta stöhnte. „Schon wieder die alte Leier mit der Ähnlichkeit."

„Wenn du es nicht wissen willst, halt ich meine Klappe."

„So war das nicht gemeint", entschuldigte sich Jutta. „Ich wundere mich nur, dass du nach fünf Jahren immer noch daran denkst."

„Er war meine erste Liebe und sein plötzliches Verschwinden von der Bildfläche macht mir immer noch zu schaffen."

„Ist ja schon gut." Jutta legte ihre Hände auf Claudias. „Erzähl schon."

Claudia hatte sich mittlerweile eine Geschichte ausgedacht, die einigermaßen plausibel klingen sollte.

„Die Party war schon zu Ende und ich war so müde, dass ich mir dachte, ich könnte auch mit den anderen Freunden von Frank in dessen Wohnung übernachten. Tut mir leid, aber dass du bei mir zuhause warst, daran hab ich gar nicht mehr gedacht - der Alkohol. Jedenfalls musste ich auf Toilette, hab die Tür aufgemacht und da stand Frank splitternackt mit dem Rücken zu mir; er wollte gerade in die Dusche steigen. Da hab ich es gesehen." Sie machte eine Pause und trank wieder einen Schluck Kaffee.

„Was? Spann mich doch nicht so auf die Folter."

„Erinnerst du dich an den Tag im Zeltlager, an dem wir in dem See baden waren? Klaus hatte Michael die Badehose ausgezogen und ans Ufer geworfen. Michael stieg aus dem Wasser." Sie machte wieder eine Pause.

„Ja, und?"

„Weißt du nicht mehr? Das sternförmige Muttermal!"

Jutta sah ihre Freundin verständnislos an. „Kann sein. So genau erinnere ich mich nicht."

„Frank hat das gleiche Muttermal - auch auf der rechten Arschbacke", rückte Claudia mit der Neuigkeit heraus.

„Mhh...", machte Jutta. „An die Geschichte mit der Badehose kann ich mich wieder erinnern. Bei dem Muttermal bin ich überfragt."

„Aber du hast ihn doch noch gefragt, ob das ein Tattoo sei."

„Mag sein. Ich präg mir doch nicht jeden Hintern ein", erwiderte Jutta und zuckte mit den Schultern.

Vielleicht hab ich mir auch deshalb alles so gut gemerkt, weil ich damals so verliebt war, dachte Claudia. „Also ich finde die Sache merkwürdig", sagte sie.

„Hast du Frank etwas gesagt?"

„Noch nicht. Ich erinnere mich noch zu gut an seine Reaktion damals in der Schule, als ich ihm von Michael erzählt habe."

„Das war ebenfalls vor fünf Jahren", erinnerte sie Jutta. „Ich glaube es gibt einen Riesenunterschied zwischen dem Frank von heute und dem von damals."

„Hast ja recht, aber ich muss mir das Ganze erst noch einmal durch den Kopf gehen lassen."

***

„Rock me Amadeus!", sang Uwe lautstark im Duett mit Falco.

„Kannst du nicht etwas leiser machen?", beschwerte sich Claudia. Die großen Lautsprecherboxen, die hinten in seinem Manta eingebaut waren, hämmerten um die Wette.

„Wäre ich dir auch sehr verbunden!", schrie Jutta von der Rückbank aus.

Uwe drehte die Musik leiser und hielt weiter Ausschau nach einem schattigen Parkplatz.

„Ganz gut was los hier", kommentierte Claudia.

„Was habt ihr denn erwartet?", erkundigte sich Uwe. „An so einem schönen Sommertag im Juli? Da will doch jeder ins

Schwimmbad. Ihr hättet ja schon fahren können. Ich wär dann nachgekommen."

„Ich konnte doch auch nicht früher", erwiderte Jutta. Seit Anfang des Monats hatte sie eine Stelle in einem Lebensmittelgeschäft bekommen und musste manchmal samstags auch bis 14.00 Uhr arbeiten.

„Da vorne." Uwe steuerte einen Parkplatz unter einem schattenspendenden Baum an, der gerade von einem VW Käfer freigemacht wurde.

„Endlich. Ich muss hier raus", stöhnte Claudia, der der Schweiß übers Gesicht rann.

Die Schlange an der Kasse war übersichtlich. Sie kamen schnell an die Reihe und zahlten.

„Jetzt müssen wir nur noch Frank und Andrea finden", meinte Claudia zu Uwe und Jutta. Sie hatten sich umgezogen und standen mit Taschen und Bastmatten auf der überfüllten Wiese.

Uwes Mine verfinsterte sich. „Kannst ja laut rufen."

Claudia überging seine Bemerkung. Zielstrebig ging sie auf den Kiosk am Ende der Wiese zu. Frank hatte ihr gestern am Telefon gesagt, dass er sich dort in der Nähe einen Platz suchen wolle. Nach kurzer Zeit fand sie ihn auch, winkte Uwe und Jutta zu sich.

„Schön, dass ihr doch noch kommen konntet", begrüßte sie Frank. Jutta und Claudia suchten sich einen Platz für ihre Matten in seiner Nähe. Uwe schlug sein Domizil etwas weiter entfernt auf, brummte etwas und ging in Richtung Schwimmbecken.

„Was ist denn mit dem?", erkundigte sich Frank.

„Keine Ahnung", log Claudia.

Sie wusste genau, warum Uwes Laune so mies war. Er hatte es ihr vorhin, bevor sie Jutta abgeholt hatten, im Auto gesagt. Er wollte lieber alleine mit Claudia etwas unternehmen und beschwerte sich darüber, dass sie jedes Wochenende mit Jutta, Frank und Andrea verbrachten. Auch wurde Claudia den Eindruck nicht los, dass Uwe auf Frank eifersüchtig war. Nach der ungeklärten Nacht auf Franks Party, versuchte sie alles zu vermeiden, was ihn auf die Idee bringen könnte, sie hätte etwas mit ihm. Außerdem hatte Frank eine Freundin, die gerade mit nassen Haaren angerannt kam. „Kommt mit ins Wasser!", rief Andrea, packte Franks Arm und zerrte ihn von seinem Badetuch.

Knapper hätte ihr String-Tanga auch nicht ausfallen können, dachte Claudia, als sie Andreas Rückansicht sah.

Seit fünf Wochen schleppte sie sich mit dem Gedanken herum, Frank ihre Beobachtung mitzuteilen. Doch ihre Angst vor seiner Reaktion hatte sie bis jetzt davon abgehalten. Zumal war da auch noch Uwe, der dann natürlich würde erfahren wollen, wann sie das Muttermal auf Franks Allerwertesten gesehen habe.

Claudia wischte ihre Gedanken beiseite.

„Komm!", rief sie Jutta zu. Etwas Ablenkung würde ihr guttun. Zusammen stürmten sie das Schwimmbecken. Mürrisch trottete Uwe hinter den Beiden her.

Das Wasser brachte Abkühlung und machte auch Claudias Kopf wieder frei. Sie tauchte unter, kam wieder hoch und schüttelte ihre nassen Haare. Plötzlich bemerkte sie, dass Jutta wie versteinert neben ihr im Wasser stand.

„Was ist los?" Sie packte ihre Freundin am Arm. Jutta starrte auf einen Jungen, der am Beckenrand stand und sich mit einem Mädchen unterhielt.

Claudia sah genauer hin. „Ist das nicht ...", begann sie.

„Das ist doch der Drecksack aus der Disco!", rief jetzt auch Uwe, der ebenfalls Juttas Starre bemerkt hatte und gerade im Begriff war die Einstiegsleiter zum Schwimmbecken herunterzusteigen.

„Ja, das ist Thomas, der Typ der mich aus dem Auto geschmissen hat", hauchte Jutta. Obwohl sie inzwischen öfter in der TANZHALLE waren, war Thomas bis jetzt dort nicht mehr aufgetaucht.

„Den kauf ich mir", versprach Uwe. Bevor Claudia ihn zurückhalten konnte, stieg er die Leiter wieder hoch, stand vor Thomas und warnte das Mädchen, das ihn erstaunt ansah. „Pass bloß auf mit dem Arsch. Der wirft Frauen gerne im Wald aus dem Auto." Dann sah er ihm direkt in die Augen.

„Was soll das? Wer bist du? Führst dich hier auf wie Rambo."

Inzwischen hatten auch Frank und Andrea bemerkt, dass dort etwas nicht stimmte. Claudia klärte sie auf. Zusammen mit Jutta verließen sie das Wasser und standen nun bei Uwe und Thomas.

„Du hast dich noch schlimmer aufgeführt", behauptete Jutta.

Ein erkennendes Blitzen ging von seinen Augen aus. „Ach, die kleine Schlampe, die sich so zickig aufgeführt hat", spottete er.

Uwe stieß mit den Händen gegen seine Brust. „Entschuldige dich gefälligst bei der Lady. Sonst polier ich dir die Fresse."

Claudia hatte Uwe noch nie so aufgebracht gesehen.

„Ach ja? Dann müssen aber Männer kommen, keine Ersatzteile."

Uwe stieß ihn wieder an - diesmal heftiger.

„Lass ihn", versuchte Frank die Situation zu beruhigen und streckte seinen Arm zwischen die beiden Kontrahenten. „Jutta kann ihn anzeigen. Wir müssen nur seinen Nachnamen erfahren."

„Idiot! Meinst du den verrate ich euch!", lachte Thomas.

„Typisch Anwaltssohn. So bringt das nix", meinte Uwe zu Frank. „Ich regel das auf meine Weise."

Ohne weitere Vorwarnung stieß er das Mädchen, das sich schützend vor seinen Gegner gestellt hatte, beiseite. Sie strauchelte und fiel auf den Boden. Dann schlug er Thomas seine Faust in den Magen, setzte mit einem rechten Schwinger gegen sein Kinn nach.

Thomas fiel auf den Boden. Das Mädchen rappelte sich wieder auf, ging zu ihm. „Mein… mein… Bruder", stotterte sie. Erst jetzt fiel Uwe ihr merkwürdiger Gang und ihre abgehackte Sprache auf.

„Kuck nicht so blöd, du Depp", stieß Thomas hervor, spuckte Blut. Dann stand er wieder auf, leckte sich über die Lippen.

„Das wird für dich ein Nachspiel haben. Jetzt zeig ich DICH an. Wegen Körperverletzung von mir und meiner behinderten Schwester", zischte er Uwe entgegen. „Und keine Angst, ich kenne dich. Du arbeitest in der Autowerkstatt meines Onkels", fügte er hinzu.

Uwe war kurz davor zu explodieren. Nur mit Mühe gelang es Frank ihn zurückzuhalten. „Mein Vater ist Anwalt und bestimmt erfreut über das, was du Jutta angetan hast", warnte er.

„Wir werden sehen", antwortete Thomas, spuckte etwas Blut vor Franks Füße, schnappte seine Schwester und verschwand.

„Das war große Klasse von dir. Wie du dem Kerl eine reingehauen hast", schwärmte Andrea und meinte, mit einem Seitenblick zu ihrem Freund: „Das hätte sich nicht jeder getraut."

„Dafür bekommt auch nicht jeder eine Klage wegen Körperverletzung an den Hals", konterte Frank.

„Pfff...", machte Andrea. Sie drehte sich um, ging auf den Bademeister zu, der das Geschehen bemerkt hatte, und auf die Gruppe zukam.

Claudia sah, wie Andrea den Bademeister am Arm festhielt und ihn in ein Gespräch verwickelte. Dabei setzte sie all ihre körperlichen Reize ein, um den Mann zu beruhigen.

Der Bademeister wurde sichtlich nervös, lachte schließlich und ging wieder zurück auf seinen Beobachtungsposten am anderen Ende des Beckenrandes.

„Ja. Das kann sie super. Jeden um den Finger wickeln", meinte Frank und zog die Mundwinkel nach unten.

Ich kann diese Schnepfe nicht leiden, schoss es Claudia durch den Kopf. Immer spielt sie sich auf und meint jedem Mann den Kopf verdrehen zu müssen.

Obwohl sie die letzten Wochen öfter mit ihr zu tun hatte, hatte sich ihre Meinung über Andrea seit der Einweihungsparty nicht geändert - im Gegenteil.

Jutta stand, kreidebleich, immer noch etwas abseits. Andrea ging zu ihr und strich ihr über das Kinn. „Keine Angst Schätzchen, der Typ ist weg. Du kannst dich bei Uwe bedanken, der sich so für dich eingesetzt hat." Dann ging sie zu Uwe, tippte im auf die Brust. „Und du Herzchen, kannst dich bei mir bedanken, dass ich dir den Badefuzzy vom Leib gehalten habe."

„Danke Mylady." Uwe machte eine theatralische Verbeugung vor Andrea.

„Mir ist das alles auf den Magen geschlagen", bekannte Jutta. „Ich fahr mit dem nächsten Bus nachhause."

Frank und Uwe boten ihr noch an sie zu fahren, doch Jutta lehnte ab. Gemeinsam gingen sie zurück auf die Wiese. Jutta packte ihre Sachen zusammen und ging zu den Umkleidekabinen.

Andrea zuckte mit den Schultern. „Reisende soll man nicht aufhalten", ätzte sie.

Claudia hatte langsam genug von der Tussi. Wie konnte Frank nur mit so einer zusammen sein? „Mein Gott. Ich möchte dich mal sehen, wenn du mitten in der Nacht in einem Waldstück aus dem Auto geworfen wirst und dann den Typ wiedersiehst, der dir das angetan hat", warf sie Andrea entgegen.

„Wird mir nicht passieren", kam die Antwort. Andrea packte Uwe an der Schulter und meinte zu ihm: „Kommst du mit ins Wasser? Hier ist mir zu langweilig."

Uwe warf einen Blick auf Claudia, als müsse er ihre Genehmigung einholen.

„Geh ruhig. Mir ist die Lust auf das Wassergeplansche im Moment vergangen."

Während Uwe und Andrea wieder auf dem Weg zum Becken waren, schlug Frank Claudia vor, am Kiosk ein Eis zu essen.

Für sich bestellte er ein Nogger und für Claudia einen Twister.

„Uwe kann gewaltig Ärger bekommen", sagte Frank, nachdem sie an einem der Tische saßen, die hinter dem Kiosk standen.

„Aber der Kerl doch auch", erwiderte Claudia. „Schließlich hat er diesen Scheiß mit Jutta gemacht."

„Ja schon. Aber ich würde euch vorschlagen, ihr kommt morgen Nachmittag zu meinen Eltern nachhause. Dort kann euch mein Vater bestimmt einige Tipps geben. Vielleicht kann er auch Uwe und Jutta vor Gericht vertreten, falls es soweit kommen sollte."

Claudias Gedanken überschlugen sich. Seit der Feier hatte sie die Eltern von Frank nicht mehr gesehen. Nun ergab sich endlich die Gelegenheit, mit ihnen über die Ähnlichkeit von Frank und Michael zu reden.

Sie gab sich einen Ruck. „Hör mal. Ich muss dich was fragen."

„Schieß los", antwortete Frank, der an Claudias Mine feststellte, dass ihr etwas auf dem Herzen lag.

„Erinnerst du dich noch daran, als ich dir damals von dem Jungen aus dem Zeltlager erzählt habe, der dir so ähnlich sah?"

Frank zog die Stirn in Falten. „Keine Ahnung, wovon du sprichst."

Wie kann es denn sein, dass er sich nicht daran erinnert? Für mich war das damals doch so wichtig - und seine Antwort hat mich so sehr verletzt.

Claudia erkannte - nicht zum ersten Mal in ihrem Leben - dass verschiedene Menschen auch verschiedene Wahrnehmungen von demselben Ereignis haben konnten.

„Jedenfalls hatte der Junge ein Muttermal", fuhr sie fort. „Haargenau das gleiche Muttermal ist mir bei dir aufgefallen."

„Mein Muttermal? Wann..." Frank hielt inne.

„Am Morgen nach deiner Party. Du hast mit dem Bauch auf der Decke gelegen", erklärte Claudia schnell.

„Jetzt will ich aber die ganze Geschichte hören. Erzähl schon", drängte er sie.

Claudia fiel ein Stein vom Herzen. Sie erzählte ihm die ganze Story, angefangen mit dem Zeltlager und dem Badehosenklau von Klaus, bis zu dem Morgen nach der Party. Dabei erwähnte sie auch seine Reaktion damals in der Schule.

„Tut mir leid. Ich hab mich früher oft nicht korrekt verhalten", bedauerte er. „Aber die Geschichte mit meinem Doppelgänger klingt sehr interessant."

„Der sah eher aus, wie dein Zwilling." Claudia stand auf und warf den Holzstiel ihres Eises in den blauen halbrunden Papierkorb. „Deshalb will ich auch gerne mit deinen Eltern darüber reden", ergänzte sie.

„Ich denke, das wird sich machen lassen", bestätigte Frank nachdenklich.

„Du kannst deinen Eltern ruhig vorher schon was von der Ähnlichkeit zu Michael sagen. Aber bitte - sag nix von dem Muttermal", bat Claudia. Die Stelle war viel zu pikant und lud zu Gerüchten ein.

„Is klar", sagte Frank.

***

Das Haus der Soltaus lag in einem Dorf, nur ein paar Kilometer von Steintal und der Bäckerei der Simons entfernt.

„Wow", staunte Uwe hinter dem Lenkrad seines Mantas. Er fuhr mit Claudia hinter dem Golf von Frank her, der ihnen mit Jutta als Beifahrerin bis hierhin vorausgefahren war.

Das Haus stand ganz allein auf weiter Flur. Es war ein Bungalow in Flachbauweise, umgeben von einer kurzgeschnittenen Rasenfläche. Mächtige Glasfenster, die große Dachterrasse und ein riesiger Innenhof ließen den Preis erahnen, den dieses Schmuckstück gekostet haben mochte.

Uwe fuhr die breite Einfahrt hoch und parkte neben Frank.

„Wow", sagte er beim Aussteigen wieder. Sein Blick fiel auf den Swimmingpool, der gegenüber der großen Garage zum Baden einlud.

„Beruhig dich", flüsterte Claudia, die aber auch erstaunt über den offensichtlichen Reichtum der Soltaus war.

Frank betätigte den Türklopfer an der schweren Eichentür.

Kurz darauf öffnete sich die Tür. Sein Vater stand mit glänzenden Augen vor ihnen und machte einen gehetzten Eindruck.

„Kommt schnell rein. Boris ist gerade beim vierten Satz", winkte Hans Soltau und eilte vor ins Wohnzimmer.

Was für ein Boris? Was für ein Satz?, fragte sich Claudia. Übt hier jemand sprechen, oder musizieren für ein Konzert?

Dann fiel es ihr wieder ein. Heute war ja das Endspiel im Tennisturnier von Wimbledon. Ganz Deutschland sprach darüber. Unerwartet war der erst siebzehnjährige Boris Becker aus Leimen bei Heidelberg bis zu diesem Endspiel vorgedrungen.

Franks Vater schien ein großer Tennisfan zu sein, denn er rannte förmlich zu seinem Ohrensessel.

Frank seufzte. „Mein Vater und sein Sport."

„Psssst", zischte Hans Soltau. „Wie viel steht es?", fragte er seine Frau, die angespannt auf der Ledercouch saß, auf der nun auch Claudia, Uwe, Jutta und Frank Platznahmen.

„30:15", gab Monika Soltau zurück.

Der rothaarige Junge in London schlug ein Ass - unerreichbar für seinen Gegner.

Hans sprang aus seinem Sessel. „Der schafft es tatsächlich! Matchball!", rief er.

Claudia konnte die ganze Aufregung nicht ganz nachvollziehen. Franks Vater erinnerte sie aber an ihren Eigenen, der immer so reagierte, wenn ein Spiel von Bayern München im Radio übertragen wurde.

Den ersten Matchball verhaute der Leimener allerdings. Hans Soltau rutschte nervös auf seinem Sessel herum.

Doch dann konzentrierte sich der Deutsche, fuhr mit der Zunge über seine Lippen und schlug den Ball kraftvoll über das Netz. Sein Gegner erwischte den Ball zwar noch, schlug ihn aber ins Aus. Boris riss die Arme hoch. Er hatte das Match gewonnen.

„Ja!", rief Franks Vater und ballte die Hand zur Faust. Als die Siegerehrung nach zehn Minuten dann vorbei war, ging er vor und schaltete den Fernseher aus. „Das musste ich einfach sehen. Wisst ihr, ich spiele selbst Tennis", entschuldigte er sich und begrüßte seine Gäste einzeln per Handschlag.

„Ist Andrea nicht mitgekommen?", erkundigte sich Franks Mutter, die bis vorhin ebenfalls das Tennismatch und die Siegerehrung gespannt verfolgt hatte.

„Hatte keine Lust", antwortete ihr Sohn knapp.

„Nicht schlimm", äußerte sich Hans Soltau. Claudia spürte, wie in seinen Worten eine gewisse Erleichterung mitschwang. Er hatte wohl auch keine hohe Meinung über die Freundin seines Sohnes.

„Es geht ja schließlich auch um Jutta und Uwe - wenn ich Frank richtig verstanden habe", fuhr sein Vater fort. „Wir sollten uns in mein Arbeitszimmer zurückziehen. Da können wir alles besprechen."

„Ich würde gern mit Frank und ihrer Frau hier bleiben. Wir können uns dann über die Doppelgängergeschichte unterhalten", schlug Claudia vor. Sie hatte inzwischen Uwe, und Frank seine Eltern, über die Geschichte informiert - allerdings ohne Erwähnung des Muttermals.

„Könnt ihr gerne tun", ging Hans Soltau auf den Vorschlag ein. Zusammen mit Jutta und Uwe verschwand er in seinem Arbeitszimmer.

„Also dann Claudia", sagte Franks Mutter, nachdem sie ihr ein Glas Wasser hingestellt hatte. „Erzähl mal. Ich hab zwar von Frank gehört, dass du vor fünf Jahren einen Jungen kennengelernt hast, der ihm ähnlich sah, aber jetzt will ich die Geschichte von dir hören."

Claudia erzählte ihr von dem Zusammentreffen mit Michael im Zeltlager und erwähnte auch Franks spätere Reaktion in der Schule.

„Nachdem ich mich so über Frank geärgert hatte, sprach ich ihn nicht mehr darauf an - bis gestern", schloss sie ihren Bericht.

Monika Soltau lächelte mild. „Ja, unser Frank. Damals war er oft unausstehlich."

Frank war dieser Hinweis auf sein früheres Verhalten sichtbar peinlich. „Ja, ja. Entschuldigung noch einmal. Ich hoffe du kannst mir verzeihen", sagte er und sah Claudia in die Augen.

Ein Schauer lief über ihren Rücken; fast hätte sie Frank in die Arme genommen, wenn in diesem Moment nicht jemand den schweren Türklopfer betätigt hätte.

„Überraschung!", rief Monika, stand auf und ging zur Tür. „Ihr bleibt doch zum Abendessen?"

Claudia sah ihr verständnislos hinterher. Wird jetzt Essen angeliefert?, fragte sie sich. Bei der Familie Soltau musste man scheinbar mit allem rechnen. Franks Eltern waren so anders als ihre eigenen.

„Ich ahne, was jetzt kommt", raunte Frank.

Monika öffnete die Tür. Dort stand eine Person, von der man im ersten Moment nichts sah, da zwei große Tüten ihr Gesicht verdeckten. Erst als Franks Mutter ihr eine Tüte abnahm, erkannte Claudia sie.

„Sabine!", rief Claudia überrascht.

„Meine Ersatzmama", bestätigte Frank, ging zu Sabine und nahm ihr die zweite Tüte ab. „Sie ist eine leidenschaftliche Köchin", erklärte er. „Seit ich denken kann, bekocht sie uns öfter am Wochenende."

Sabine ging zu Claudia, umarmte sie. „Schön dich zu sehen."

Die Küche war direkt an das Wohnzimmer gebaut. Eine Durchreiche sorgte dafür, dass die Speisen direkt in die Essecke mit ihrem langen Tisch und den zehn Stühlen gelangen konnten.

Monika und Frank stellten die Tüten ab.

Wenn meine Mutter diese Küche sehen könnte, dachte Claudia.

Eine blau-weiße Einbauküche, perfekt ausgestattet mit riesigem Kühlschrank, großen Kochfeldern, Dunstabzugshaube und Geschirrspülmaschine blitze ihr entgegen.

„Ich hab Sabine gesagt, dass ihr kommt. Sie hat genug eingekauft", erklärte Franks Mutter.

Frank lachte. „Die Überraschung ist dir auf jeden Fall gelungen."

Sabine begann damit, die Tüten auszuräumen. „Jetzt aber alle raus", befahl sie energisch."Ich mag keine Zuschauer beim Kochen."

Sie gingen zurück ins Wohnzimmer. Monika und Claudia setzten sich auf das Sofa, Frank in den Ohrensessel seines Vaters.

„Was hältst du eigentlich selbst von der Ähnlichkeit zwischen Frank und diesem Michael?", fragte Monika.

Claudia überlegte kurz. „Also, so unglaublich es klingt, ich hatte fast den Eindruck die beiden wären Zwillinge, so ähnlich hat er Frank gesehen."

Aus der Küche drang lautes Scheppern bis ins Wohnzimmer.

„Was ist passiert? Soll ich dir nicht doch helfen?", rief Franks Mutter.

„Nein, nein. Alles klar", schallte es aus der Küche zurück. „Mir ist nur ein Topf heruntergefallen."

Monika zuckte mit den Schultern. „Zurück zu deiner Geschichte. Wie Zwillinge meinst du? Wie soll den das möglich sein?"

„Weiß ich auch nicht", gab Claudia zu.

„Dabei fällt mir ein...", murmelte Franks Mutter plötzlich. „Sabine!", rief sie. „Du hast doch damals im Krankenhaus gearbeitet, als Frank geboren wurde. Ist dir da etwas aufgefallen?"

Sabine erschien am Türrahmen der Küche. „Was meinst du?"

„Na ja. Das Krankenhaus war damals dermaßen überfüllt, sodass ein ziemliches Chaos herrschte. Ich war sogar zeitweise in der Kapelle untergebracht, weil sonst kein Platz mehr war."

„Stimmt", bestätigte Sabine. „Wir mussten die Bänke aus der Kapelle räumen. Damals brauchten wir Platz wegen eines Verkehrsunfalls mit vielen Verletzten."

Monika Soltau legte sich ein Kissen auf den Schoß, zupfte nervös an den Rändern. „Sag mal, kann es nicht sein, dass mein Baby mit einem Zwillingskind vertauscht wurde?"

Sabine stand immer noch im Türrahmen. Ihr Blick verdüsterte sich. „Fang bitte jetzt nicht wieder damit an. Ich dachte das Thema hätten wir schon vor einigen Jahren abgehakt. Hör auf damit!", schleuderte sie ihrer Freundin entgegen und ging wieder zurück in die Küche.

Claudia sah Franks Mutter verwundert an. Monikas Augen hatten sich mit Wasser gefüllt. Frank stand auf, setzte sich neben seine Mutter und nahm sie in den Arm.

„Du musst wissen", erklärte er, „meine Mutter hat jahrelang unter der Vorstellung gelitten, ich wäre nicht ihr Kind und im Krankenhaus vertauscht worden."

„Sabine hat einiges mit mir durchgemacht", ergänzte Monika stockend. „Sie hat mich zu den besten Psychologen begleitet und mich immer getröstet, wenn ich ganz unten war. Ich kann es ihr nicht verübeln, wenn sie jetzt so reagiert."

Frank stand auf und gab seiner Mutter ein Glas Wasser.

Dann fuhr sie fort. „Das ganze Chaos im Krankenhaus hat mich damals sehr mitgenommen. Außerdem gab es Komplikationen. Frank wurde mit einem Kaiserschnitt geholt. Ich hab ihn erst einen Tag nach der Geburt zu sehen bekommen und konnte anfangs nie eine richtige Beziehung zu dem Baby aufbauen. Deshalb dachte ich lange Zeit, er wäre nicht mein Sohn."

„Gab es denn auch gleichzeitig eine Zwillingsgeburt in dem Krankenhaus?", hakte Claudia nach.

„Ich weiß es nicht." Monika sah ihrem Sohn in die Augen. „Vielleicht gibt es noch Unterlagen aus der Zeit meiner Geburt, damit wir das endlich klären können."

„Bestimmt. Ich kenne sogar jemand, der im Büro des Krankenhauses arbeitet und uns helfen könnte." Monika stockte. „Wie heißt die noch gleich?", sagte sie zu sich selbst. Man sah, wie es hinter ihrer Stirn arbeitete.

„Sabine!", rief sie wieder in die Küche. „Wie heißt die Frau, die im Büro des Krankenhauses arbeitet? Du warst doch mal mit ihr befreundet."

Als nach fünf Sekunden immer noch keine Antwort kam, rief Monika erneut: „Sabine?"

„Hab ihren Namen vergessen." Sabines Stimme klang immer noch gereizt.

„Ich hab sie doch letzte Woche gesehen. Ich hatte mit meinem Auto am Zebrastreifen angehalten und sie ist auf die andere Seite ins Krankenhaus gegangen. Ich hab sie noch gegrüßt. Wie heißt die bloß?", sinnierte Monika.

„Moment. Jetzt fällt es mir wieder ein. Genau. Ihr Name ist Schmidt. Berta Schmidt."

1985: Berta

Hans Soltau hob sein Weinglas. „Auf Boris Becker, den ersten deutschen Wimledon-Sieger." Er stieß sein Glas gegen das seiner Frau. „Und nun wünsche ich euch einen guten Appetit", sagte er und eröffnete damit das Abendessen.

Der Kronleuchter über dem großen Tisch brachte das Porzellan zum Leuchten. Ein herrlicher Duft hatte sich in der Essecke und im ganzen Wohnzimmer verteilt.

Claudia musste schmunzeln. In den Schüsseln waren Klöße und Rotkraut, auf einer Platte stapelten sich Rouladen; genau das Essen hatte sie für Uwe kochen wollen, als ihr das Treffen mit Frank einen Strich durch die Rechnung gemacht hatte. Ihre anschließenden Kochkünste mit den Nudeln und der Tomatensoße waren kein Vergleich mit dem Menü, das jetzt auf dem Tisch stand.

„Hätte ich das gewusst, hätte ich heute Mittag nichts gegessen", jammerte Uwe, schaufelte sich aber einen ziemlich großen Berg Klöße auf seinen Teller.

„Wir wollten euch überraschen", bekannte Franks Mutter. „Außerdem wollten wir auch mal wieder in den Genuss von Sabines Zubereitung kommen", sagte sie und legte den Arm um ihre Freundin, die links neben ihr saß. Monika Soltau machte wieder einen gefasten Eindruck, dafür war Sabine immer einsilbiger geworden.

„Was denkst du über die Doppelgängergeschichte, Papa?"

Hans sah Frank nachdenklich an. Nachdem er mit Jutta und Uwe aus seinem Büro gekommen war, hatte seine Frau die Drei über die Gespräche im Wohnzimmer informiert.

„Ich denke wir sollten der Geschichte nachgehen", antwortete er mit einem Blick auf Jutta. „Da sich ja herausgestellt hat, dass deine Tante in dem Krankenhaus im Büro arbeitet, denke ich, dass sie die erste Anlaufstelle für Nachforschungen sein wird."

„Ich finde es immer noch erstaunlich, wie klein die Welt ist", schüttelte Jutta den Kopf. Sie nahm sich eine Roulade. „Ausgerechnet meine liebe Tante, die eigentlich daran schuld ist, dass wir Michael kennengelernt haben, arbeitet in dem Krankenhaus, in dem Frank geboren wurde."

„Und war auch noch gut mit Sabine befreundet", ergänzte Monika.

Sabine schnitt ihre Roulade in zwei Teile. „So gut auch mal wieder nicht", kommentierte sie, ohne von ihrem Teller aufzusehen. „Nachdem ich das Krankenhaus verlassen hatte, hatte ich keinen Kontakt mehr zu Berta."

„Meinst du, du kannst diesen Kontakt wieder aufleben lassen? Berta könnte die Akten für uns durchschauen."

Sabine hob den Kopf, sah Monika ins Gesicht. „Nein, auf gar keinen Fall." Ihre Augen blitzten Franks Mutter an.

Sie ist nicht gut auf Berta zu sprechen. Irgendetwas muss damals vorgefallen sein, dachte Claudia.

„Schon gut. Ich werde meine Tante danach fragen", versprach Jutta.

„Wollen wir zusammen hinfahren?", fragte Claudia schnell. „Is vielleicht besser, als übers Telefon", ergänzte sie noch.

„Hast recht", ging Jutta auf ihren Vorschlag ein. „Ich hab Dienstag Nachmittag frei und kann zur Bank kommen. Wenn du willst, können wir dann nach deinem Feierabend zu Tante Berta fahren."

Um 23.00 Uhr verließen Uwe, Claudia und Jutta das Anwesen der Soltaus. Frank blieb über Nacht bei seinen Eltern.

„Finde ich super von Franks Vater, dass er mich bei einer eventuellen Gerichtsverhandlung verteidigen will", meinte Uwe und lenkte den Manta aus der Einfahrt.

Hans hatte ihm und Jutta auch einige Tipps für das richtige Verhalten im Umgang mit Thomas gegeben. Jutta war aber auf seinen Vorschlag, Thomas anzuzeigen, nicht eingegangen. Sie wollte erst einmal abwarten, ob der seinerseits Uwe anzeigen würde.

„Was denkt ihr von Sabines Verhalten?", wechselte Claudia das Thema. Auf der Einweihungsfeier hatte sie sich so gut mit Sabine verstanden und sie hatte einen fröhlichen Eindruck auf sie gemacht, doch eben …

„Wie ausgewechselt", bestätigte Jutta von Rücksitz aus. „Man hätte meinen können, es wäre eine andere Frau."

„Stimmt", bekräftigte Uwe, drehte am Knopf des Autoradios, fand keinen passenden Sender und schob eine Kassette in den Schacht. Falco sang wieder sein Loblied auf Mozart.

Den Rest der Fahrt hing jeder seinen eigenen Gedanken nach.

Uwe fuhr erst Jutta, und dann Claudia nachhause.

Mal sehen, ob ich von Juttas Tante nicht mehr über Sabine erfahren kann, dachte Claudia, während sie ihre Wohnungstür aufschloss. Irgendwie erschien mir ihr Verhalten merkwürdig.

***

Bertas Haus war das Dritte in einer langen Reihe von Einfamilienhäusern, die in der Nachkriegszeit für Umsiedler aus den Ostgebieten hier entstanden waren. Die Siedlung lag am anderen Ende von Claudias Heimatort. Als Kind hatte sie oft in aller Frühe ihren Vater zum Brötchenausliefern dorthin begleitet. Daher war ihr das Haus von Juttas Tante noch gut in Erinnerung. Denn im Gegenteil zu den gepflegten Vorgartenanlagen der anderen Häuser, wuchs die Natur hier ungehindert. Sträucher, Gras, Unkraut und Bäume wechselten sich ab und luden jeden Naturforscher zum Forschen ein.

Damals hatte sie das super gefunden. In der Eintönigkeit der Siedlungshäuser bildete Bertas Haus auf alle Fälle einen Blickfang. Die heutige Claudia war sie sich aber nicht mehr ganz sicher, ob sie dieses krasse Ausscheren aus der Norm gut finden sollte.

Nachdem sie sich bis zur Eingangstür vorgekämpft hatten, drückte Jutta auf den Klingelknopf; eine Brennnessel kitzelte an Claudias Bein.

Hätte doch besser eine lange Hose angezogen - statt der Shorts, bedauerte sie und juckte sich an der Stelle, die schnell rot wurde. Sie erinnerte sich, wie sie damals ihren Vater gefragt hatte, warum hier alles so verwildert war. „Frau Schmidt hat ihren Mann früh verloren. Seitdem kümmert sich keiner mehr so richtig darum", hatte er gesagt.

Die Tür ging auf. Claudia schob ihre Gedanken beiseite.

„Hallo ihr zwei!", begrüßte Tante Berta die Ankömmlinge lautstark. Sie stand an der Tür und hielt ihre Arme ausgebreitet.

Claudia musste sich zusammenreißen, um nicht laut loszulachen. Mit der bunten Kittelschürze und den Lockenwicklern auf dem Kopf, sah Juttas Tante aus wie eine Außerirdische, die sie mit ihren Krakenarmen einfangen wollte.

Jutta ergab sich in ihr Schicksal. Sie fiel Berta in die Arme und ließ sich von ihr einen dicken Kuss auf die Wange geben.

Dann begrüßte sie Claudia; zwar auch mit einer innigen Umarmung, aber gottseidank ohne feuchten Schmatzer.

Claudia schickte innerlich ein Stoßgebet zum Himmel.

Das Haus war, im Gegenteil zu seinem Äußeren, sauber und gepflegt.

Auf dem Weg zum Wohnzimmer fiel Claudia ein Plakat auf, das im Flur hing. Auf einem grünen Hintergrund waren mehrere Sonnenblumen zu sehen. In weißer, dicker Schrift stand DIE GRÜNEN, darunter, etwas kleiner: ökologisch - sozial - basisdemokratisch - gewaltfrei.

„Ich wusste nicht, dass deine Tante so modern ist und die Grünen wählt", flüsterte Claudia.

„Du wirst es nicht glauben, aber sie hat auch gegen die Startbahn West demonstriert und engagiert sich bei der Anti - Atomkraft - Bewegung", verriet Jutta ihrer Freundin.

Leicht erstaunt setzte sich Claudia im Wohnzimmer auf die alte, verschlissene Ledercouch. Der ganze Raum machte einen vollgestopften, aber nicht unordentlichen Eindruck. Große Bücherregale standen an allen vier Wänden. Bevölkert von den unterschiedlichsten Büchern, wie sie auf den ersten Blick feststellte. Goethe stand neben Simmel, Konsalik und Hedwig Courths - Maler. Auf dem Boden vor den Regalen standen etliche Stapel mit Langspielplatten, vornehmlich Schlager, wie ein Blick auf die obersten Platten vermuten ließ. An einer Wand standen noch vier Kartons, auf denen von

Außen ein gelber Aufkleber, der eine lachende rote Sonne zeigte, angebracht war.

ATOMKRAFT? NEIN DANKE, stand drauf.

„Ich kann dir auch einen geben", versicherte Berta, die sich auf dem Sessel breitgemacht und den Blicken von Claudia gefolgt war.

„Gerne", sagte Claudia. Ich glaube, ich muss mir ein neues Bild von Berta Schmidt machen, erkannte sie.

„Aber jetzt erzählt mir erst einmal diese Geschichte mit dem Doppelgänger. Juttas Anruf gestern hat mich doch sehr neugierig gemacht."

„Sie erinnern sich doch bestimmt noch an das Zeltlager vor fünf Jahren", begann Claudia und berichtete bis zu dem Abendessen bei Franks Eltern.

„Tja, was soll ich sagen?" Tante Berta setzte sich aufrecht, griff nach ihrem Glas Sherry, das sie sich vorhin eingeschenkt hatte, und räusperte sich. „Ich erinnere mich noch genau an das Chaos im Krankenhaus, das damals im Sommer 1965 herrschte. Bei einer Massenkarambolage auf der neuen Schnellstraße gab es viele Verletzte, die alle versorgt werden mussten. Es ging drunter und drüber. Auf so einen Fall waren wir einfach nicht vorbereitet. Ich meine, gut, wir in der Verwaltung hatten zuerst nicht so viel damit zu tun, aber im Nachhinein hatten wir ganz schön Arbeit."

„Wissen sie, ob es in dieser Zeit eine Zwillingsgeburt gab?", fragte Claudia auf gut Glück.

„Nein. Tut mir leid, aber daran kann ich mich nun wirklich nicht mehr erinnern."

„Kannst du für uns mal in die Akten schauen?", fragte Jutta ihre Tante.

„Werd mal sehen, was das Archiv noch hergibt. Nach dem Umbau im letzten Jahr liegt dort noch einiges in Kartons. Wird bestimmt spannend", antwortete Berta und kippte den Rest ihres Sherrys hinunter.

Claudia brannte eine Frage auf den Nägeln, die sie unbedingt noch loswerden musste. „Frau Soltau sagte, das Sabine und sie gut befreundet waren. Wie war ihr Verhältnis zu Sabine und warum haben sie keinen Kontakt mehr?"

„Moment." Berta goss sich erneut ein Glas Sherry ein. Ihre übereinandergeschlagenen Beine wackelten. „Willst du das wirklich wissen?", fragte sie mit ernstem Unterton.

„Erzähl schon", bekam Claudia von Jutta Unterstützung. „Jetzt bin ich auch neugierig geworden."

Berta seufzte. „Nun gut. Damals lebte mein Mann noch. Er und Sabines Mann waren gut befreundet - wir beide arbeiteten im selben Krankenhaus. Da blieb es nicht aus, das wir auch privat einiges miteinander zu tun hatten. Zusammen mit unseren Männern unternahmen wir verschiedene Ausflüge und Kinobesuche." Juttas Tante machte eine Pause, schenkte sich zum wiederholten Male ein. Claudia und Jutta waren bei Mineralwasser geblieben, obwohl Berta ein paar Mal versucht hatte, die Zwei zu einem Glas Sherry zu überreden.

„Mit der Zeit wurden wir gute Freundinnen, doch dann starb mein Mann. Unser Verhältnis wurde lockerer, wir trafen uns kaum noch außerhalb der Arbeitszeit. Sabines Stimmungen schwankten oft. Mal war sie lustig und machte alle Späße mit, am anderen Tag konnte sie mürrisch sein und am nächsten Tag standen ihr die Tränen in den Augen. In dieser Zeit muss auch das mit dem Unfall und Franks Geburt gewesen sein, wenn ich mich recht erinnere. Auf jeden Fall machte ich damals einen großen Fehler." Berta leerte ihr Sherryglas in einem Zug. „Ich fing ein Verhältnis mit Sabines Mann an."

***

Claudia starrte Berta an. Die Verwicklungen wurden immer größer. Sie hatte das Gefühl, in ein Wespennest gestochen zu haben.

Auch Jutta schluckte. „Willst du uns davon erzählen?", fragte sie ihre Tante.

„Ich glaube ihr seid alt genug, um vernünftig mit dem, was ich euch jetzt erzähle umzugehen", antwortete sie. „Ich möchte nur nicht, dass ihr schlecht von mir denkt."

„Schon klar", beruhigte sie Claudia. Irgendwie bekomme ich Mitleid mit Berta. Sie scheint nicht so viel Glück mit ihren Männern zu haben.

„Also gut", begann Berta. „Wie schon gesagt, mein Mann war gestorben und Sabine war in dieser Zeit sehr launisch. Eines Tages, Sabine hatte gerade einen ihrer guten Tage, verabredeten wir uns zu einem Besuch im Tanzlokal. Doch als ich vor dem Lokal stand und auf sie und ihren Mann wartete, erschien nur Horst; so hieß ihr Mann. Sabine hatte wieder eine ihrer Phasen und war daheimgeblieben. Es wurde ein schöner Abend. Wir tanzten und redeten viel. Horst erzählte mir einiges von den Problemen mit seiner Frau."

Berta machte eine Sherrypause. Ihre Gesichtsfarbe wechselte langsam in den roten Bereich.

„Ihr müsst meine Lage verstehen. Ich war eine junge verwitwete Frau, Horst ein attraktiver Mann. Wir hatten beide getrunken. In dieser Nacht erzählte er mir auch, dass Sabine im Bett so kalt sei, wenn ihr wisst, was ich meine."

Lockenwickler, Kittelschürze und Sherryglas; Claudia versuchte, sich Berta Schmidt als junge Frau vorzustellen - es gelang ihr nicht.

„Was ist dann passiert?", hakte Jutta nach.

„Horst entpupte sich als Alkoholiker, der immer seinen Stoff brauchte. Als er anfing mich zu schlagen, hab ich mich von ihm getrennt. Bis heute weiß ich nicht, ob Sabine jemals etwas von unserer Affäre erfahren hat. Auf jeden Fall verließ sie kurze Zeit später das Krankenhaus. Soviel ich weiß, ist sie jetzt geschieden und arbeitet in einem Altersheim als Pflegerin."

Claudia hatte Berta Schmidt immer als eine etwas verschrobene Frau wahrgenommen. Dass diese Frau ein solch bewegtes Privatleben besaß, damit hatte sie nicht gerechnet. Irgendwie passte das Ganze auch nicht zu ihren Vorstellungen von den Mitgliedern im Bibelkreis ihrer Eltern.

Claudia stand auf. „Ich muss mal auf Toilette", entschuldigte sie sich.

„Durch den Flur, Richtung Haustür und dann links die Tür", erklärte Berta ihr den Weg.

Claudia öffnete die Tür zum Bad. Die braunen Kacheln mit den konzentrischen Kreisen sprangen ihr förmlich entgegen. Sie waren überall. Nur der Boden und die Decke waren verschont geblieben. Die weißen Steinfliesen und die weiß gestrichene Decke beruhigten ihr Auge wieder.

Nachdem sie ihre Blase entleert hatte, stand sie am Waschbecken, drehte das Wasser auf und ließ ihren Blick über die Ablage an der Badewanne streifen. Alle möglichen Tuben, Spraydosen und Shampoos standen dort. Zwischen zwei Dosen schimmerte ein goldenes Armband.

Claudia trocknete sich die Hände ab und sah genauer hin. Eine goldene Armbanduhr - zu breit für eine Damenuhr.

Sie stockte. Ich kenne diese Uhr!

Claudia ging auf die Badewanne zu und nahm die Uhr in die Hand. Eine Gravur auf der Rückseite des Gehäuses bestätigte ihre Vermutung: Das Hochzeitdatum ihrer Eltern prangte ihr in verschnörkelten Ziffern entgegen.

***

Die Uhr meines Vaters!

Claudias Gedanken fanden keinen Halt. Lag es an der hypnotischen Wirkung der scheußlichen Fliesen, oder war es die Tatsache, dass sie jetzt von Bertas Vorliebe für verheiratete Männer wusste und gerade die Uhr ihres Vaters in deren Badezimmer gefunden hatte?

Wie kommt Papas Uhr hierhin?

Sie atmete tief durch und versuchte sich zu beruhigen. Möglicherweise gab es eine ganz einfache Erklärung dafür.

Ich werde Berta einfach danach fragen, entschloss sie, ging zurück ins Wohnzimmer, die Uhr in ihrer Faust.

Jutta saß noch auf der Couch, unterhielt sich mit ihrer Tante, die die Sherryflasche mittlerweile geleert hatte.

Die Frage: „Wie kommt die Uhr meines Vaters in ihr Bad?", erschien Claudia zu theatralisch.

„War mein Vater bei ihnen?", fragte sie stattdessen und hielt die Uhr hoch.

„Was…?" Berta riss die Augen auf. Da ihre Gesichtsfarbe durch den übermäßigen Sherrygenuss sowieso schon gewechselt hatte, konnte Claudia nicht erkennen, ob der Fund der Uhr für ihr puderrotes Gesicht verantwortlich war.

„Ach so." Berta sah die Uhr und entspannte sich. „Muss dein Vater heute Morgen vergessen haben. Er hilft mir bei der Gartenarbeit weißt du. Die Uhr muss er zum Händewaschen ausgezogen und vergessen haben."

Claudia war nicht so überzeugt von der Aussage. Ihr Vater hatte genug Arbeit am Hals. Sie konnte sich nicht vorstellen, dass er da noch die Zeit fand, um einen fremden Garten auf Vordermann zu bringen.

„Ich bin müde", gähnte Berta unvermittelt und stand auf. „Ich glaub ich leg mich gleich hin." Sie schwankte einige Schritte auf Claudia zu, wollte ihr die Uhr aus der Hand nehmen. „Dein Vater kommt morgen wieder vorbei. Ich geb sie ihm dann."

Bertas Griff ging ins Leere. Claudia ließ die Uhr in ihrer Handtasche verschwinden.

„Es ist noch früh. Ich fahr bei meinen Eltern vorbei und gib sie ihm dann selbst", schlug sie vor. Mal sehen, was mein Vater dazu sagt, fügte sie in Gedanken hinzu.

„Das musst du nicht machen." Berta legte ihre Hand auf Claudias Schulter.

„Ich wollte sowieso noch bei meinen Eltern vorbeifahren", erklärte sie.

Berta starrte sie aus verschwommenen Augen an. „Na gut. Sag deinem Vater einen schönen Gruß von mir." Sie hatte einige Mühe dabei, ihre Besucher zur Tür zu begleiten.

Es war kurz nach zwanzig Uhr, als die Beiden das Haus von Juttas Tante verließen.

„Was denkst du?", erkundigte sich Jutta.

Claudia startete den Motor ihres Pandas. „Über die Story mit Sabines Mann und Berta oder über die Armbanduhr meines Vaters?"

„Beides."

„Da gibt es bei beiden Geschichten noch einige Geheimnisse. Ich bin mir aber nicht sicher, ob ich die Wahrheit wissen will. Außerdem geht es ja eigentlich um Michael und seine Ähnlichkeit mit Frank. Ich denke wir sollten uns darauf konzentrieren."

„Trotzdem willst du wissen, was es mit der Armbanduhr auf sich hat", behauptete Jutta.

Damit traf sie den Nagel auf den Kopf.

„Tut mir leid, ich weiß, es geht um deine Tante. Aber kannst du dir nicht denken, dass ich wissen will, ob sie ein Verhältnis mit meinem Vater hat? Schließlich hat sie auch Sabine den Mann ausgespannt. Und erinnere dich mal an das Zeltlager, wie sie hinter dem General her war."

Bei der Erwähnung des Generals musste Jutta schmunzeln, wurde aber sofort wieder ernst. „Hast ja recht. Ich weiß, dass meine Tante hinter den Kerlen her ist, wie der Teufel hinter der armen Seele", bekannte sie.

„Aber tu mir einen Gefallen", bat Claudia und bog nach rechts; die Bäckerei Simon war schon in Sichtweite. „Ich möchte mit meinem Vater alleine reden. Sorg du dafür, dass meine Mutter abgelenkt wird."

„Wie soll das gehen?"

Claudia lenkte das Auto in den Hof der Bäckerei. „Uns wird schon etwas einfallen."

***

Sie musste drei Mal klingeln, bevor die Tür aufging.

„Wer…? Claudia?" Ihr Vater sah erst sie, dann Jutta erstaunt an.

„Hallo Papa. Du erinnerst dich doch noch an Jutta?", fragte Claudia schnell. „Die Nichte von Berta Schmidt."

Jürgen Simon sah seine Tochter konsterniert an. Bevor er antworten konnte, hörte Claudia die Stimme ihrer Mutter.

„Jürgen! Wer ist den da?"

„Claudia!", rief ihr Mann zurück. „Und die Nichte von Berta", ergänzte er.

„Claudia!" Schnelle Schritte. Maria kam aus dem Wohnzimmer, umarmte ihre Tochter. „Kommt rein."

Sie ging mit Claudia und Jutta vor. Jürgen folgte mit einigen Schritten Abstand.

„Mensch Jutta. Lang nicht mehr gesehen. Ich hätte dich fast nicht erkannt", meinte sie.

Im Wohnzimmer lief der Fernseher. Die Erkennungsmelodie der MONTAGSMALER dröhnte ihnen entgegen. Maria schaltete ab; was eine Unmutsäußerung ihres Mannes zur Folge hatte.

„Sonst können wir uns nicht unterhalten", kommentierte sie ihr Abschalten.

Claudia wusste, dass die MONTAGSMALER eine der Lieblingssendungen ihres Vaters war. Was ich nie verstehen werde: Warum werden die MONTAGSMALER dienstags gesendet?, dachte Claudia beiläufig.

„Was macht ihr hier?" Jürgen setzte sich in einen Sessel. Seine Stimme klang mürrisch.

„Sei doch froh, wenn das Kind uns mal besucht", schleuderte Maria ihrem Mann entgegen.

„Is schon gut", beruhigte Claudia. Die Stimmung zwischen den Beiden schien sich seit ihrem letzten Besuch nicht verbessert zu haben. „Ich weiß doch, dass Papa gern seine MONTAGSMALER sieht. Wir haben Juttas Tante besucht und da dachte ich mir, fahr doch auch mal kurz bei deinen Eltern vorbei."

Jürgen kratzte sich am Kinn, seine Augenlider zuckten. „Ihr wart bei Berta?"

„Ja. Ich soll dir einen schönen Gruß bestellen", sagte sie und berichtete von den Ereignissen der letzten Tage. Den Fund der Armbanduhr verschwieg sie.

„Berta hat nie davon erzählt, dass sie ein Verhältnis mit einem verheirateten Mann hatte", meinte Maria kopfschüttelnd. Bertas Vergangenheit beschäftigte sie mehr als die Ähnlichkeit zwischen Michael und Frank.

Claudia merkte, dass sie einen Fehler gemacht hatte. Sie hätte die Geschichte von Berta und Sabines Mann nicht erzählen sollen. Doch jetzt war es zu spät.

Ihr Blick fiel auf die Fotoalben, die schön geordnet in einem Fach des Wohnzimmerschrankes standen. Eine Idee, wie sie mit ihrem Vater allein sprechen konnte, nahm Gestalt an.

„Papa, kannst du mir mal die Polaroidkamera ausleihen? Ich möchte ein paar Gruppenfotos für eine Kollegin machen, die uns Ende der Woche verlässt. Mit meinem Fotoapparat dauert das Entwickeln des Films so lange."

„Da müsste ich erst auf dem Speicher nach dem Ding suchen", grummelte ihr Vater.

„Ich helfe dir beim Suchen", bot Claudia an, die natürlich wusste, dass die Kamera auf dem Dachboden in irgendeinem Karton lag. Ihr Vater war damals mit der Qualität der Sofortbilder nicht zufrieden und hatte den Apparat dorthin verbannt. Sie konnte sich noch gut an seine Schimpftriaden auf diesen „teuren Scheiß", erinnern.

„Und ich zeig Jutta in der Zwischenzeit ein paar Bilder", schlug Maria vor, stand auf und zog die Fotoalben heraus.

Claudias Plan ging auf. Sie folgte ihrem Vater auf den großen Dachboden, der mit Kisten und Gerümpel überfüllt war.

Claudia war schon lange nicht mehr hier oben gewesen. Sie musste sich etwas ducken, um sich nicht an den Balken den Kopf zu stoßen. Sie sah in einer Ecke ihren alten Kaufmannsladen; aus einer anderen Ecke winkte ihr ihre Puppe LISA entgegen.

Keine Zeit für nostalgische Gefühle, riss sie sich zusammen.

„Ich glaube hier müsste die Kamera sein." Jürgen zog einen Karton aus einem Stapel Kisten.

„Papa? Vermisst du nicht was?" Claudia holte die Uhr hervor, die sie mittlerweile in ihrer Hosentasche trug.

Er drehte sich zu seiner Tochter um. „Was…? Wo hast du die gefunden?"

„Nicht hier."

„Sondern?"

„Bei Berta Schmidt im Bad."

„Ach so." Ihr Vater schien zwar etwas überrascht zu sein, machte aber einen abgeklärten Eindruck. „Ich war heute

Morgen bei ihr. Ich helfe Berta, den Garten auf Vordermann zu bringen."

Claudias Gedanken schossen durcheinander. War diese Behauptung abgesprochen oder entsprach sie der Wahrheit? War ihre Vermutung, ihr Vater könnte ein Verhältnis mit Berta haben, nur aus der Luft gegriffen?

„Ich hab aber noch nicht viel davon gesehen. Bei Berta sieht es aus, wie im Dschungel", startete Claudia einen neuen Versuch sich Klarheit zu verschaffen.

„War auch das erste Mal bei ihr", erwiderte Jürgen und widmete sich wieder seiner Suche nach der Polaroidkamera.

„Ahh, hier ist der Apparat." Er zerrte einen kleinen Karton aus der Kiste.

„Was sagt Mama dazu? Sie meint doch immer, du hättest so wenig Zeit für sie. Gerade jetzt, da du eine Filiale aufmachen willst, da hilfst du Frau Schmidt im Garten?", hakte Claudia nach.

„War sogar ein Vorschlag deiner Mutter. Ist nur für eine Stunde nach dem Brötchenbacken. Etwas Frischluft tut mir da gut."

Claudias Verdacht fiel in sich zusammen. Die Sache schien wirklich ganz harmlos zu sein.

Claudia nahm ihrem Vater die Kamera ab und gab ihm seine Uhr.

„Entschuldige die Fragerei. Aber...", sagte sie kleinlaut.

„Ja, ja", brummte ihr Vater. Jürgen war schon auf der Treppe.

Nachdenklich schloss Claudia die Tür zum Dachgeschoss und folgte ihm.

Im Wohnzimmer waren Jutta und ihre Mutter immer noch damit beschäftigt, die Fotoalben durchzusehen.

„Kuck doch mal Claudia", rief Maria ihre Tochter. „Unser erster Campingurlaub in Italien."

Claudia kannte die Fotos schon zu Genüge - genau wie den Campingplatz. Fast jedes Jahr waren sie in den Ferien dort. Anfangs noch im Zelt, mittlerweile mit einem Campingwagen, den Ihr Vater günstig gekauft hatte. In den letzten Jahren fuhr sie allerdings nicht mehr mit. Stattdessen sparte sie für einen Urlaub auf Ibiza.

„Schön", sagte sie, setzte sich neben ihre Mutter und betrachtete die Fotos.

Etwas ging ihr nicht aus dem Kopf: Weiß Mama wirklich von Vaters Besuch bei Berta? Sollte sie ihr nicht doch davon erzählen?

Jürgen kam ihr zuvor. „Claudia hat meine Uhr gefunden", sagte er. „Ich hatte sie heute Morgen bei Berta im Bad vergessen."

Maria sah von dem Album auf. „Typisch. Überall lässt du deine Uhr liegen."

Ihr Vater hatte also die Wahrheit gesagt; Mutter wusste Bescheid. Doch irgendwie erschien Claudia die Sache immer noch nicht ganz schlüssig.

„Warum bestellt Frau Schmidt keinen Gärtner? Papa hat mir erzählt, dass er jetzt ihren Garten macht. Er hat doch sonst nie Zeit."

„Berta hat im Moment nicht so viel Geld und gestern im Bibelkreis gefragt, ob ihr nicht jemand helfen könne", erklärte Maria. „Du kannst ja die Leute vom Bibelkreis. Die sind körperlich alle nicht mehr so fit. Da hab ich deinem Vater vorgeschlagen, die Arbeit zu machen. In letzter Zeit hat er immer so rumgejammert, er brauche mal frische Luft, die Backstube ging ihm an die Lunge. Nun kann er sich austoben."

Claudias innere Unruhe legte sich. Ein Liebesverhältnis zwischen Berta und ihrem Vater hätte sie sich auch schwer vorstellen können. Trotzdem blieb ein letzter Zweifel.

Zwischenspiel: Hamburg, Hafenstraße

„Sha - La - La - La, Sha - La - La - La - La ...!"
Der Ghettoblaster, der auf einer Stufe der Balduintreppe stand, gab sein Letztes, um die Umgebung mit der Musik der RAMONES zu erfreuen.

Die fünf Jungs und zwei Mädchen, die sich zu den Klängen von „HOWLING AT THE MOON" bewegten, trugen zerrissene Jeans und fleckige T-Shirts. Ihre ganze Erscheinung sorgte für einen gewissen Abstand zu „normalen" Bürgern; wobei sich diese sowieso nicht mehr gern hier aufhielten.

Auf den unteren Stufen der Treppe saßen noch zwei Jungs, Bierdose in der einen, Zigarette in der anderen Hand.

„He Zecke, kann ich heut Abend wieder bei euch pennen?", fragte der Punk mit den rot gefärbten Haaren seinen Kumpel, dessen schwarzer Haarschopf nach allen Himmelsrichtungen abstand.

„Klar Rotfuchs. Alles Roger", antwortete Zecke, zerdrückte seine Bierdose und warf sie in die Büsche.

Seit er in Hamburg war, übernachtete Rotfuchs meist woanders. Eine innere Unruhe trieb ihn von einem Übernachtungsort zum Anderen. Trotzdem verließ er die Stadt nicht und hielt sich meistens in St.Pauli auf.

Ihm gefiel es hier. Dieses unabhängige Leben, so entbehrungsreich es auch manchmal sein konnte, übte eine große Anziehungskraft auf ihn aus. Besonders die Hafenstraße mit ihren besetzten Häusern hatte es ihm angetan.

Zecke öffnete zwei frische Bierdosen, gab eine an Rotfuchs.

„Auf die Anarchie!", schrie Zecke, hob seine Bierdose in die Luft, verschüttete dabei die Hälfte und kippte sich den Gerstensaft die Kehle runter.

Rotfuchs prostete ihm zu, trank nur wenige Schlucke.

Ihm war heute nicht nach Trinken zumute. Die Geister der Vergangenheit hatten ihn letzte Nacht wieder einmal nicht schlafen lassen.

„Was ist los Mann? Du lässt nach", behauptete Zecke. Er hatte seine Dose wieder leergesoffen, warf sie diesmal zurück in den Karton mit dem Biernachschub.

„Kein Bock mich so früh zu besaufen", erwiderte Rotfuchs. „Will heute Abend noch zum Otto."

„Haste Kohle? Bei mir kriegste dein Bier umsonst."

„Werd´s mir schon zusammenschnorren", behauptete Rotfuchs. Sicher kostete ein Besuch in der Punkkneipe „Onkel Otto" Geld, aber ein paar Mark würden sich schon auftreiben lassen.

Zecke zuckte mit den Schultern. „Wegen mir."

Die Musik stoppte abrupt, die Startaste flog nach oben.

„Scheiße!", fluchte einer der Punks, die am Ghettoblaster standen. Er bückte sich und zerrte am Kassettenfach. Mit einem krachenden Geräusch öffnete sich die Klappe.

„Verdammter Mist. Dieser billige Scheißdreck!", fluchte er lautstark. Aus der grauen Kassette, die er jetzt in der Hand hielt, hing ein meterlanger, zerknitterter, dunkelbrauner Streifen - Bandsalat.

Voller Wut schmiss er die Kassette auf den Boden und trat drauf. Das Gehäuse zersplitterte in tausend Teile.

Zecke hatte so etwas wie Mitleid mit seinem Kumpel. „Beruhig dich. Hier haste´n Bier", tröstete er und warf ihm eine Dose zu.

Ein Grinsen erhellte das Gesicht des Kassettenzertreters. „Danke Zecke."

Zecke kramte in seiner vollgestopften Umhängetasche mit dem selbst aufgemalten Peace-Symbol, das Rotfuchs immer an eine in der Mitte durchgeschnittene Torte mit unten zwei Tortenstücken erinnerte.

Nach einer Minute fand er endlich die gesuchte Kassette, stand schwankend auf und legte sie mit einigen Mühen in den Kassettenrecorder. Dann drückte er die Starttaste.

„Dat is Musik!", rief er, torkelte auf seinen Platz neben Rotfuchs zurück.

Die Urväter des Punk, die SEX PISTOLS, stürmten akustisch die Balduintreppe.

Rotfuchs sah an Zeckes Blick, dass es nicht mehr lange dauern konnte, bis dieser wieder seinen Ausraster bekam. Um eine Schlägerei zu vermeiden, gab nur die Möglichkeit ihn dazu zu bewegen nach Hause zu gehen und seinen Rausch auszuschlafen; wenn man ein Zimmer in einem besetzten, abbruchreifen Haus in der Hafenstraße, das er sich auch noch mit zwei anderen teilte, als Zuhause bezeichnen konnte.

„Hey Zecke. Wie wär´s mit einer Mütze Schlaf?", fragte er seinen Kumpel.

„Gerade jetzt, wo´s spannend wird?", gab Zecke zurück.

Rotfuchs folgte seinem starren Blick. Aus einiger Entfernung näherte sich ein Kamerateam.

„Oh Scheiß", murmelte Rotfuchs. Das Kamerateam schlich schon seit einigen Tagen in der Hafenstraße herum, drehte für irgendeine Dokumentation und stellte bescheuerte Fragen.

Bis jetzt war es immer gelungen Zecke von den Typen fernzuhalten - denn Zecke hasste Reporter.

„Hey!" Zecke stand auf.

„Hey!", rief er abermals, wedelte mit seinen Armen zur Unterstützung. Die Reporter wurden auf ihn aufmerksam.

„Ich muss euch etwas sagen!", schrie er.

Rotfuchs war ebenfalls aufgestanden, legte ihm seine Hand auf die Schulter. „Was soll das?", knurrte er.

„Lass die Wichser nur kommen", zischte Zecke.

Rotfuchs wusste: In diesem Zustand war Zecke nicht von einem einzigen Mann zu bremsen. Ein Seitenblick auf die Anderen beruhigte ihn. Sie hatten die Gefahr der Situation erkannt, kamen heran und stellten sich ebenfalls in Zeckes Nähe, bereit einzugreifen.

Der Mann, der eben noch die bunt bemalten Häuser gefilmt hatte, senkte seine Kamera und richtete sie dann auf die Punks. Das ganze Fernsehteam bewegte sich auf die Gruppe zu.

Zeckes wässriger Blick ging nach oben. „Was will der denn angeln?", krächzte er. Über seinem Kopf schwebte ein Mikrofon, gehalten mit einer langen Stange von dem Tontechniker.

Ein junger Mann, mit Stoffhose und weißem Hemd für diese Gegend falsch gekleidet, trat auf Zecke zu.

Die Hand von Rotfuchs auf Zeckes Schulter verstärkte ihren Druck.

„Sie wollten uns etwas sagen?", fragte ihn der Reporter.

„Ja..." Zecke machte eine Pause. Sein Kopf fiel nach unten, nur um Sekundenbruchteile darauf wieder nach oben zu schießen.

„Verpisst euch!", spuckte er den Berichterstatter an.

Mit einer unbändigen Kraft riss sich Zecke von den Händen los, die ihn halten wollten. Blitzartig trat er einen Schritt vor, versetzte dem verdutzten Reporter einen Schlag mit der Faust ins Gesicht.

Blut tropfte auf das Hemd.

„Draufbleiben!", schrie ein Mann von hinten den Kameramann an, der dem Blutenden zu Hilfe eilen wollte.

Die Punks stürzten sich wieder auf Zecke, versuchten ihn festzuhalten.

„Was machst du denn? Du Idiot!" Rotfuchs umklammerte Zeckes Oberkörper, vergaß aber dabei den unteren Körperteil - und mit dem trat Zecke um sich.

Mit vereinten Kräften gelang es den Punks schließlich, Zecke zu Boden zu werfen.

„Ihr verfluchten...", brüllte Zecke unvermindert weiter und wand sich am Boden, festgehalten von zehn Händen.

Rotfuchs stand auf, sah genau in die Kamera, die das ganze Geschehen immer noch festhielt. „Jetzt, wo ihr alles gefilmt habt, könnt ihr ja endlich verschwinden", sagte er ruhig und betont. „Sonst lassen wir Zecke wieder los", fügte er hinzu.

Das Gesicht des Reporters wurde weiß wie sein Hemd - wenn man von den roten Blutflecken absah.

„Lasst uns gehen!", rief wieder eine Stimme aus dem Hintergrund. Die Kamera senkte sich, das Mikrofon über den Köpfen der Punks verschwand.

„Feiglinge!" rief Zecke dem Aufnahmeteam hinterher. Er saß auf dem Boden, immer noch umringt von den anderen Punks.

Er wollte aufstehen, doch seine Beine gaben nach und er fiel wieder auf sein verlängertes Rückgrat.

Rotfuchs streckte ihm seine Arme entgegen. „Komm ich bring dich rüber", schlug er vor.

Zecke sah ihm in die Augen. Für einen kurzen Moment klärte sich sein Blick. „Der soziale Rotfuchs", flüsterte er, griff nach den Händen seines Kumpels und ließ sich hochziehen.

„Ja, ja. Schon klar", antwortete der Rothaarige. Mit gemischten Gefühlen führte er den Betrunkenen in eines der bunt bemalten Häuser.

1985: Live Aid

Piep - Piep, Piep - Piep.

Die letzte Ziffer auf seinem Wecker sprang von 0 auf 1.

Uwe schlug auf die Austaste: 6:31 Uhr.

In 59 Minuten würde seine Arbeit beginnen. Er quälte sich aus dem Bett, blieb an dem Regal stehen und drückte die Starttaste auf seinem Stereoradiorekorder. Rockige Gitarren-riffs und Bonos Gesang füllten den Raum aus.

Die Musik von U2 weckte seine Lebensgeister. Es war gestern Abend spät geworden. Claudia hatte ihn noch an-gerufen und lange mit ihm telefoniert. Dabei erzählte sie von dem Besuch bei Juttas Tante Berta und ihren Eltern, und wie seltsam im Moment alles sei.

Claudia hatte recht. Auch ihm kam vieles merkwürdig vor, egal ob es um die Geschichte mit Frank und seinem Doppel-gänger, Sabine, Tante Berta, Claudias Vater oder um diesen Arsch von Thomas ging. In den letzten Wochen, seit er Claudia kannte, war einiges auf ihn eingeprasselt.

Uwe ging unter die Dusche, ließ das kalte Wasser auf seinen Körper rieseln und versuchte seine Gedanken zu sortieren.

Im Grunde genommen war ihm dieser Michael, der Frank so ähnlich sein sollte, egal. Claudias Besessenheit, den Kerl wiederzufinden, ging ihm manchmal gehörig auf den Zeiger. Und wenn er es recht betrachtete, war er auch eifersüchtig auf Frank, obwohl er wusste, dass der mit Andrea zusammen war und sich in letzter Zeit sehr zurückhielt, was Claudia anging.

Normalerweise suchte er sich selbst seine Freunde aus, und darunter waren keine Anwaltssöhne, die Medizin studieren wollten. Irgendwie lebten Frank und er in ver-schiedenen Welten. Und über Autos und Fußball konnte man sich mit ihm auch nicht unterhalten.

Außerdem ging ihm dieser Thomas nicht mehr aus dem Kopf, dem er gern noch einmal im Dunkeln begegnen würde. Dieser Saftsack, der gemeint hatte er könne sich mit Jutta alles erlauben.

Er sah Juttas Gesicht wieder vor sich, wie sie bei Claudia in der Wohnung auf dem Bett saß; die Klamotten dreckig und gerissen; die Tränen, die ihr über das Gesicht liefen.

Uwe stellte das Wasser ab.

Er zog seine Arbeitskleidung an, nahm ein kurzes Frühstück zu sich und fuhr mit dem Manta zur Autowerkstatt, in der er arbeitete.

„Morgen Uwe", wurde er von einem Kollegen begrüßt. „Heiße Nacht gehabt? Du siehst so müde aus."

„Klar. Bis heute Morgen um vier", flunkerte Uwe. Besser man gab etwas an, dann ließen sie einen schneller in Ruhe.

„Ja, ja. Die neue Liebe", lachte der Kollege und ging weiter.

Er hätte ja schlecht sagen können, dass er drei Stunden mit seiner Freundin nur telefoniert hatte, bis ihm die Ohren glühten.

Uwe nahm seine Werkzeugkiste und wollte gerade bei einem Opel Kadett den Auspuff wechseln, da sprach ihn sein Meister an.

„Hör mal. Gleich kommt der Chef mit dem neuen Praktikanten, der zwei Wochen bei uns bleiben wird. Er möchte, dass du dich um ihn kümmerst."

„Warum ich?", fragte Uwe erstaunt. „Normalerweise kümmern sich doch die Altgesellen um die Praktikanten?"

Uwes Meister zuckte mit den Schultern. „Keine Ahnung. Kannst ihn ja gleich selbst fragen."

Während er den Auspuff abmontierte, fragte er sich, was dass zu bedeuten hatte. War der Boss so von ihm begeistert, dass er ihn schon jetzt mit solchen Sonderaufgaben beauftragte?

Uwe legte den defekten Auspuff beiseite, als er die Stimme seines Chefs hinter sich hörte.

„Herr Hof!"

Er drehte sich um.

Dort stand sein Chef, wie immer in einem schwarzen Anzug. Neben ihm stand ein junger Mann in blauem Arbeitsanzug. Uwe starrte in ein grinsendes Gesicht, das ihm wohlbekannt war.

„Das ist der neue Praktikant", stellte der Chef seinen Begleiter vor. „Mein Neffe Thomas Marx."

Uwe stand da, wie vom Blitz getroffen. Vor ihm stand der Chef des Autohauses in seinem schicken Anzug und stellte ihm seinen Neffen als neuen Praktikanten vor; eigentlich kein großes Problem, wenn man davon absah, dass er mit diesem Thomas so seine eigenen Erfahrungen hatte.

„Thomas wollte unbedingt Sie als Praxisanleiter. Er meinte Sie kennen seine Schwester gut?", fuhr der Boss fort.

„Wir haben uns im Schwimmbad kennengelernt. Uwe war sehr nett zu ihr", ergänzte Thomas und fuhr sich mit einer lässigen Handbewegung durch die Haare.

Trotz der Wut, die versuchte seinen Verstand zu überschwemmen, erkannte Uwe die Hinterlist von Thomas. Die Anspielung auf das Schwimmbad war eine versteckte Drohung.

Ihm blieb keine andere Wahl; er musste mitspielen.

„Hallo Thomas", quetschte er zwischen den Zähnen hervor.

„Ich denke sie zeigen ihm erst mal alles", schlug Herr Marx vor. „Ich muss mich jetzt um einen Automobilvertreter kümmern und schau nachher noch einmal vorbei." Er drehte sich um und ging zurück zu den Verkaufsräumen.

„So, so. Du warst nett zu einer Nichte des Chefs", lästerte einer der Kollegen, die das Gespräch beobachtet hatten. Er legte seine Hand auf Uwes Schulter und grinste ihn an. „Ich dachte du hast schon eine Flamme."

„Verschwinde", krächzte Uwe und stieß den lachenden KFZ-Mechaniker von sich.

Sie gingen wieder zurück an ihre Arbeit. Nur Uwe und Thomas standen noch im Hof.

„Was willst du hier?" Uwe sah sein Gegenüber misstrauisch an.

„Nur mein Praktikum machen", antwortete Thomas gelassen, strich sich wieder über das Haar.

„Auf einmal? Und dann mit mir als Anleiter?"

„Na und. Hast du ein Problem damit?"

„Wie kommst du darauf?", knurrte Uwe.

Er musste sich zusammenreißen. Die pure Anwesenheit dieses Menschen brachte sein Blut in Wallung. Wie sollte er es zwei Wochen mit diesem Kotzbrocken aushalten?

„Einen schönen Gruß übrigens von meiner Schwester. Die blauen Flecken sind immer noch gut sichtbar", meinte Thomas.

„Sei froh, dass dich Jutta noch nicht angezeigt hat", erwiderte Uwe.

Thomas grinste nur dämlich und zuckte mit den Schultern.

Uwe sah, dass seine Kollegen aus der offenen Halle zu ihnen blickten. Sie standen schon zu lange auf einer Stelle.

„Komm mit. Wir fallen auf", sagte er und machte mit Thomas einen Rundgang auf dem Firmengelände.

Besondere Begeisterung zeigte Thomas dabei nicht. Immer mehr wurde Uwe klar, dass der Typ nur wegen ihm hier war.

Was hatte Thomas vor?

Uwe versuchte sich nichts anmerken zu lassen, machte gute Mine zum bösen Spiel; schließlich war sein unangenehmer Praktikant der Neffe vom Chef.

***

Den Vormittag brachte Uwe einigermaßen hinter sich. Er versuchte, die spitzen Bemerkungen von Thomas weitgehend zu ignorieren. Wenn es ums Arbeiten ging, musste er sich eingestehen, dass der Neffe des Chefs sich gar nicht so blöd anstellte. Thomas brachte einige Vorkenntnisse mit und arbeitete schnell.

„Mein Vater ist Fernfahrer. Er hat mir viel über Autos beigebracht", antwortete er auf Uwes Nachfrage. „Aber so langsam, wie du arbeitest, ist dein Vater Schneckenzüchter", setzte er nach.

„Lass meinen Vater aus dem Spiel", warnte ihn Uwe. Sein Vater war gestorben, als Uwe zwölf Jahre alt war.

„Na ja. Was will man auch erwarten von einem Typ, der behinderte Mädchen anfällt", behauptete Thomas und wollte sich wieder dem VW Käfer widmen, der über ihm auf der Hebebühne stand.

Uwe hielt ihn zurück. „Was soll der Scheiß?"

„Was für ein Scheiß? Stimmt doch oder?", konterte Thomas.

Uwe sah das hämische Grinsen in seinem Gesicht. Seine Hand zuckte vor, packte Thomas am Hals. „Halt dein dämliches Maul", fauchte er ihn an.

„Drück doch zu. Feigling."

Uwe ließ locker. „Hättest du wohl gern? Damit dein Onkel mich feuert." Langsam kam er dahinter, was Thomas hier wollte.

„Dacht ich mir doch. Kein Arsch in der Hose", provozierte Thomas weiter. „Is aber klar. Wer mit so einer Schlampe wie dieser Jutta befreundet ist der…"

Uwes Sicherungen brannten endgültig durch. Er versetzte ihm einen Schlag in den Magen. Thomas krümmte sich, kam wieder hoch, packte Uwe und trat ihm die Beine weg. Im letzten Moment bekam Uwe seinen Widersacher zu packen und riss ihn mit in den Dreck. Eine Ölkanne kippte um; die klebrige Masse ergoss sich über die Kontrahenten.

„Wart nur ab, bis ich deine Freundin Claudia in meine Finger kriege", schnaubte Thomas.

Dass dieser Kerl es ernst meinte, war Uwe klar. Er hatte ja schon bewiesen, dass er auf Frauen keine Rücksicht nahm.

Uwes Faust traf sein Kinn.

Mittlerweile waren seine Kollegen auf den Kampf aufmerksam geworden. Ungläubig starrten sie auf die zwei Kontrahenten, die sich im Öl wälzten. Einer der umstehenden Mechaniker versuchte die beiden auseinanderzubringen.

Uwes Meister hatte den Lärm auch wahrgenommen und kam mit hochrotem Kopf aus der angrenzenden Halle gerannt.

„Was ist den hier los?", keuchte er; das ungewohnte Laufen schlug sich auf seine Atmung nieder.

„Keine Ahnung", bekam er von einem der Zuschauer im Blaumann zur Antwort. „Ich glaub es geht um irgendwelche Weiber."

„Uwe!", schrie der Meister, mit aller Kraft, die seine angeschlagene Lunge noch hergab. „Was soll das?" Er riss ihn von seinem Gegner. Thomas blieb auf dem Boden liegen, spuckte Blut.

„Ich möchte auch mal wissen, was das Ganze hier werden soll, Herr Hof!" Unvermittelt stand sein Chef Uwe gegenüber.

Größer hätte der Kontrast nicht sein können. In seinem schwarzen Anzug wirkte der Besitzer des Autohauses wie von einem anderen Stern.

Besonders Uwe machte jetzt einen erbärmlichen Eindruck: In gekrümmter Haltung, ölverschmiert, schwer atmend, stand er vor seinem obersten Chef und fand keine Worte.

Dafür erklärte Thomas, der sich mittlerweile aufgerappelt hatte, seinem Onkel seine Version des Vorfalls.

„Also Onkel, es war so", begann er und wischte sich die letzten Blutspuren vom Mund. „Ich hab dir doch gesagt, dass dieser Kerl hier," er tippte mit ausgestrecktem Zeigefinger auf Uwes Brust, „so nett zu meiner Schwester war. Jetzt weiß ich auch warum. Den ganzen Tag hat er mich ausgefragt: Wo wir wohnen würden?, Wie alt meine Schwester wäre?, Ob sie einen Freund hätte?, und so weiter.

Er hat immer so merkwürdige Bemerkungen gemacht, und als ich ihm sagte, dass sie geistig behindert sei, hat er nur gelacht und gemeint, die bekomme man am besten ins Bett. Ich hab ihm dann gesagt ...."

Uwe bekam keine Luft mehr. Diese Lüge übertraf alles.

Mühsam versuchte er sich zu beherrschen. Seine Lippen zuckten.

„Das stimmt alles nicht!", schrie er.

„Lass ihn ausreden!", herrschte der Chef ihn an. „Wenn es um meine behinderte Nichte geht, verstehe ich keinen Spaß!"

Die Mundwinkel von Thomas zogen leicht nach oben. Hätte sein Onkel nicht in unmittelbarer Nähe gestanden - er hätte Uwe hämisch angegrinst. Er kannte den empfindlichen Punkt seines Onkels offenbar nur zu gut.

„Ich hab ihm gesagt, er solle die Finger von meiner Schwester lassen", fuhr Thomas fort. „Dann ist er komplett ausgerastet und hat einen Streit mit mir angefangen. Wenn du mich fragst, dieser Typ ist verrückt."

„Du dreckiger Lügner!", schrie Uwe, wollte sich auf ihn stürzen, wurde aber von mehreren Händen zurückgehalten.

Er schlug um sich, konnte keinen klaren Gedanken mehr fassen. Die Ereignisse der letzten Zeit prasselten auf ihn ein.

Uwe bekam ein längliches Stück Stoff zu fassen, zog daran. Dann hörte er ein Röcheln und bekam im nächsten Moment eine schallende Ohrfeige verpasst.

Langsam, unendlich langsam, erfasste er die Situation.

Vor ihm stand sein Meister. Entsetzt blickend senkte der gerade seine Hand, die sich eben noch in Uwes Gesicht befunden hatte. Neben ihm stand Thomas, dessen grinsfreudiges Gesicht sich in eine unschuldige Maske verwandelt hatte.

Gegenüber von Uwe fasste sich sein Chef an den Hals, lockerte seine Krawatte, die Uwe zugezogen hatte. „Verschwinde! Du bist fristlos entlassen!", brüllte er.

***

„Und dann?", fragte Frank.

Uwe stellte sein Glas auf den Cocktailtisch. „Nun ja. Ich bin mit einer Mordswut im Bauch nachhause gefahren. Später hat mein Chef angerufen und gesagt ich sei erst mal für zwei Wochen beurlaubt. Danach werde er weitersehen."

„Was ich gar nicht so schlecht finde, denn ich hab die nächsten zwei Wochen auch Urlaub", kommentierte Claudia. Sie stand hinter Uwes Schwingsessel und strich ihm über das Haar.

Die ganze Wohnung roch nach neuen Möbeln und war nicht mit dem Zustand zu vergleichen, indem sie sich nach der Einweihungsparty befunden hatte.

Frank und Uwe saßen in den blauen Schwingsesseln, von denen es vier gab, die vor dem Cocktailtisch standen.

Jutta kam mit Getränkenachschub aus der Küche. „Und dieser Arsch von Thomas? Ist er noch in der Firma?", fragte sie und setzte sich ebenfalls in einen der Sessel.

„Soviel ich weiß", antwortete Uwe. „Ich hab gestern mit einem Kollegen telefoniert. Er sagte, dass der Kerl saunett zu allen wäre und gut mitarbeiten würde."

„So ein scheinheiliger..." Frank verkniff sich den Rest. In einer halben Stunde würde die Übertragung des „LIVE AID" Konzertes beginnen, und er wollte sich nicht die Stimmung vermiesen lassen. Schließlich hatten sie sich hier bei ihm getroffen, um zusammen die Übertragung im Fernsehen zu sehen, und nicht um sich über so Idioten wie diesen Thomas aufzuregen.

„Anderes Thema", schlug er vor. „Was denkst du über die Aussage von Berta?", fragte er Claudia.

Juttas Tante hatte sie gestern Abend angerufen und behauptet die Akten von Damals seinen verschwunden.

„Also Jutta, sei mir nicht böse", sagte sie und setzte sich neben ihre Freundin. „Aber ich traue deiner Tante nicht. Gerade die Akten aus dieser Zeit sollen verschwunden sein? Entweder hat sie gar nicht richtig danach gesucht, oder..." Claudia sah erst Frank und dann Jutta in die Augen. „Oder sie hat etwas zu verbergen."

„Meine Tante mag zwar etwas verschroben sein, aber ich glaube nicht, dass sie uns anlügt", verteidigte Jutta ihre Verwandte.

„Ich denk nicht, dass wir in der Sache weiterkommen", meinte Uwe und stand auf. „Lasst uns das Konzert sehen."

Er ging nach vorne zu dem neuen Grundig Fernseher, den Frank von seinen Eltern als Einweihungsgeschenk bekommen hatte, und drückte den Einschalter.

„Bevor wir in einer halben Stunde mit unserer Übertragung der Konzerte aus London und Philadelphia beginnen, zeigen wir noch eine Reportage über Jugendkulturen", sagte der Sprecher.

Uwe beschwerte sich, hatte den Finger schon wieder auf dem Schalter. „Mann. Ich will Queen sehn!"

„Lass doch an. Du verpasst schon nix. Queen tritt erst später auf", beruhigte ihn Frank.

Seit dem Vorfall mit Thomas und der Beurlaubung war Uwe schnell aus der Ruhe zu bringen.

„Kann doch ganz interessant sein", meinte Jutta und folgte der Reportage über die Jugendkulturen in das schicke Reich der Popper.

Während Claudia, Frank und Uwe sich weiter unterhielten, rückte Jutta näher an den Bildschirm und schenkte dem Bericht ihre Aufmerksamkeit.

Nach dem Ausflug in die Popperszene, begab sich der Reporter unter die Teds und Grufties.

Dann ein harter Schnitt; die Kamera zeigte bunt bemalte Häuser und ebenso bunte Gestalten, deren farbige Haarpracht nach allen Seiten abstand.

„Während unserer Reportage stießen wir aber auch auf einige Ablehnung. Wie zum Beispiel hier in Hamburg - St.Pauli, Hafenstraße."

Die Kamera schwenkte zu einer Treppe, auf der mehrere Punks saßen.

„Scheiße!", rief Jutta und zuckte zusammen. Ihr Sessel wippte. „Schaut mal!"

Fassungslos starrte Frank auf den Bildschirm. „Das gibt es doch nicht."

Zwei der Punks waren besonders deutlich zu sehen, die Kamera ging geradewegs auf sie zu. Der Eine war Frank wie aus dem Gesicht geschnitten, wären da nicht seine roten Haare gewesen.

„Michael", flüsterte Claudia tonlos.

„Oder noch ein Doppelgänger", gab Frank zu bedenken. Er konnte seinen Blick nicht mehr von dem Geschehen auf dem Bildschirm abwenden. Der Reporter wurde von einem Punk angespuckt und ins Gesicht geschlagen. Der Rothaarige ging dazwischen. Sein Gesicht erschien in Großaufnahme.

Claudia atmete tief ein. „Seht ihr die Narbe an seiner Nasenwurzel? Das ist Michael!"

***

Der Beitrag über Jugendkulturen war zu Ende.

Der Fernseher zeigte jetzt die Bühne vom Wembley Stadion in London. Rechts und links wurde die Bühne flankiert von übergroßen Emblemen des Konzertes: ein Netz, in dessen Vordergrund der Kontinent Afrika als stilisierte Gitarre zu sehen war. Unterbrochen wurde der Gitarrenhals von den Worten LIVE und AID.

Ich kann es nicht glauben! Claudia konnte kaum einen klaren Gedanken fassen.

Auf der Bühne formierte sich gerade Status Quo als erste Band des Tages. Doch das Konzert war mittlerweile Nebensache geworden.

„Wir müssen nach Hamburg. Michael ist in Hamburg. Wir müssen nach Hamburg", wiederholte Claudia gebetsmühlenartig.

„Ist ja schon gut", beruhigte Uwe sie und legte seine Hand auf ihre. „Wir werden deinen Michael schon finden. Ich muss zugeben, die Ähnlichkeit mit Frank ist verblüffend."

„Natürlich ist sie das. Hab ich immer gesagt."

„Ja schon", meldete sich Frank. Er stand von seinem Schwingsessel auf und wanderte im Raum auf und ab. „Aber das er mir tatsächlich so ähnlich sieht - wie ein Zwilling - damit hab ich nicht gerechnet; abgesehen von den rot gefärbten Haaren natürlich."

„Du machst mich nervös mit deinem Herumgelaufe", beschwerte sich Uwe.

Frank setzte sich.

Der Fernseher lief mit niedriger Lautstärke nur noch im Hintergrund. Die Sessel standen mittlerweile um den Tisch herum - Kriegsrat.

„Ich hab Michael zwar damals auch kennengelernt, aber da hatte ich noch keinen Vergleich zu Frank; und als ich Frank kennenlernte, war mir das Aussehen von Michael nicht mehr so intensiv im Gedächtnis", erklärte Jutta. „Aber jetzt muss ich Claudia recht geben. Die Ähnlichkeit kann kein Zufall sein. Die Frage ist: Was machen wir jetzt?"

Frank stand wieder auf. "Entweder hat meine Mutter mit ihrem Gefühl recht gehabt, und ich bin nicht ihr Sohn; oder sie hat noch ein Kind bekommen, dass ihr weggenommen wurde. Ich muss so schnell wie möglich nach St.Pauli und meinen Doppelgänger treffen. Vielleicht ist er wirklich mein Zwillingsbruder."

„Ich komme mit", sagte Claudia spontan. „In einer Woche habe ich Urlaub", fügte sie hinzu.

„Gut. Ich werde Andrea fragen, ob sie mitkommt."

Warum will er die blöde Kuh mitschleppen?, fragte sich Claudia. Gut, sie ist seine Freundin, aber ich kann sie nicht leiden.

Sie war froh, dass Andrea heute nicht dabei war, weil sie einen Vorstellungstermin in einer Modelagentur hatte. Und mit ihr einige Tage in Hamburg zu verbringen - dafür reichten ihre Nerven nicht aus.

„Ich hab auch Zeit", meinte Uwe und verzog dabei das Gesicht. „Ich komm mit."

Blieb nur noch Jutta.

„Tut mir leid, aber ich muss arbeiten und kann mir noch keinen Urlaub nehmen, da ich gerade erst angefangen habe", bedauerte sie.

Als Termin für die Fahrt nach Hamburg, wurde Montag, der 22.07. festgelegt. Frank würde mit seinem Golf fahren.

Jutta drehte die Lautstärke des Fernsehers wieder höher.

Trotz der Musikbeschallung legte sich eine merkwürdige Stille über die vier Zuschauer. Jeder hing seinen eigenen Gedanken nach.

Die Boomtown Rats, mit dem Mitinitiator dieses Benefizkonzertes für Äthiopien, Bob Geldorf, betraten die LIVE AID Bühne und performten ihren größten Hit: „I don´t like Mondays".

Am Montag in einer Woche wollen wir nach Hamburg fahren, schoss es Claudia durch den Kopf. Hoffentlich ist dieses Lied kein böses Ohmen für unsere Suche nach Michael.

***

„Claudia!" Maria Simon zog die Tür ganz auf. „In letzter Zeit kommst du immer so überraschend."

Sie nahm ihre Tochter in die Arme.

Claudia hatte sich dazu entschlossen, ihre Eltern persönlich über die Neuigkeiten und ihre bevorstehende Reise nach Hamburg zu informieren. Deshalb stand sie an diesem Mittwochabend, wieder einmal unangemeldet, vor der Haustür.

Sie folgte ihrer Mutter in die Küche, die sofort anfing, eine Kanne Kaffee aufzusetzen.

„Ich muss euch was erzählen", begann sie. „Wo ist Papa?"

„Der ist bei Berta."

„Ich denke der ist nur vormittags da?"

„Eigentlich schon", antwortete Maria. „Aber heute ist so ein gutes Wetter, da hat er gemeint, das müsse er ausnutzen."

Ein unbestimmtes Gefühl zog durch Claudias Körper, das auch der Duft des frischen Kaffees nicht vertreiben konnte.

„Ist er eigentlich oft bei Frau Schmidt?", erkundigte sie sich. Sie betrachtete ihre Mutter, die mit Kittelschürze und Hausschuhen an der Kaffeemaschine stand. Viel Unterschied zu Berta Schmidt bestand in puncto Kleidung und Aussehen nicht - es fehlten nur noch die Lockenwickler.

„In letzter Zeit schon", bestätigte Maria. „Es sind auch einige kleine Reparaturen in ihrem Haus zu machen - meint er."

Bei einer Tasse Kaffee und frischen Teilchen berichtete Claudia von den neusten Entwicklungen im Fall Michael und der bevorstehenden Reise nach Hamburg. Doch sie hatte das Gefühl, ihre Mutter würde nur mit halbem Ohr zuhören.

„Ist alles klar Mama?"

„Ach weißt du", beichtete Maria, „dein Vater und ich, wir streiten uns oft. Meist geht es um die wenige Zeit, die er für mich übrig hat; wegen der neuen Filiale und wegen seiner Hilfe bei Berta."

„Aber warum macht er die Arbeit bei Frau Schmidt, wenn er sowieso keine Zeit hat?"

Marias trauriges Gesicht sprach Bände. „Hab ich ihn auch gefragt. Aber jedes Mal, wenn ich das Thema anspreche, wird dein Vater laut und ungehalten. Deshalb sag ich gar nichts mehr."

Nachdenklich trank Claudia den Rest ihres Kaffees. Das Verhalten ihres Vaters konnte sie in den letzten Monaten kaum nachvollziehen. Es sei denn …

Claudia hatte es satt um den heißen Brei zu reden. „Denkst du, er hat ein Verhältnis mit Berta?", fragte sie.

Maria hustete. Sie hatte sich an einem Stück Apfeltasche verschluckt. „Nein. Nein", antwortete sie schnell. „Was will er denn mit der?"

In ihren Augen sah Claudia jedoch Unsicherheit. „Wenn euer Verhältnis in letzter Zeit so schlecht ist …"

Ihre Mutter fiel ihr ins Wort. „Ich will nichts davon hören!", brauste sie auf; ihre Gesichtsfarbe wechselte auf Dunkelrot.

Was passiert hier?, fragte sich Claudia entsetzt. Sie kannte ihre Eltern nicht mehr wieder.

So emotional hatte ihre Mutter nie reagiert; und was ihren Vater betraf - den konnte sie überhaupt nicht mehr verstehen.

Claudia nahm sich vor, auf dem Rückweg bei Berta Schmidt vorbeizuschauen.

***

Sie hatte sich schnell von ihrer Mutter verabschiedet und saß wieder am Steuer ihres Pandas.

Auf dem Weg zu Bertas Haus kamen ihr die Zweifel.

Soll ich wirklich dort vorbei fahren, oder fahr ich lieber sofort zurück?

Was war richtig, was war falsch? Wollte sie wirklich wissen, ob die Ehe ihrer Eltern auf eine Katastrophe zusteuerte?

Sie riss sich zusammen. Die Wahrheit war immer besser, so schmerzlich sie auch sein konnte. Ob es jetzt um Michael oder ihren Vater ging.

Von Weitem sah sie schon sein Auto. Hier war er also auf jeden Fall.

Claudia stoppte. Die letzten paar Meter würde sie zu Fuß gehen, klare Gedanken sammeln.

In einigen Vorgärten wurde gegrillt. Kinderlachen und das Geräusch eines Rasenmähers drang an ihr Ohr.

Die Idylle der Siedlung fing sie ein.

Wahrscheinlich bilde ich mir alles nur ein, beruhigte sie sich. Mein Vater hat sich nie für andere Frauen interessiert.

Sie näherte sich dem Haus von Berta Schmidt, dessen Garten auf den ersten Blick tatsächlich schon gepflegter aussah, als bei ihrem letzten Besuch.

Das Rasenmähergeräusch kam von hinter dem Haus.

Claudia entschloss sich, die Eingangstür zu ignorieren und direkt nach hinten zu gehen.

Die Terrasse kam in Sicht. Dort saß Juttas Tante mit dem Rücken zu Claudia. Vor Berta auf dem Tisch standen zwei Gläser und eine Flasche Sekt. Der zweite Gartenstuhl war leer.

Ihr Vater, der mit dem Rasenmäher über die Wiese ging, hatte seinen Strohhut tief ins Gesicht gezogen. Trotz dem fortgeschrittenen Nachmittag, brannte hier die Sonne noch immer gleißend vom Himmel.

„Papa!", rief Claudia.

Keine Reaktion. Der Rasenmäher war zu laut.

Claudia wollte gerade weitergehen, da verstummte der Rasenmäher.

„Haben Sie noch Benzin im Haus?" Ihr Vater nahm den Strohhut ab und wischte sich mit dem Handrücken den Schweiß von der Stirn.

Claudia erschrak und erkannte ihren Irrtum. Sie sah ein pockennarbiges Gesicht, das definitiv nicht das ihres Vaters war.

Erschrocken ging sie ein paar Schritte zurück, versteckte sich hinter einem Gebüsch.

Was soll das?, fragte sie sich. Wo ist Papa?

Die Frage erübrigte sich; in diesem Moment trat ihr Vater aus dem Haus.

„In der Garage, hinter den Winterreifen!", rief er dem fremden Rasenmähermann zu, der sich direkt in Bewegung setzte, um den Kanister zu holen.

Claudia duckte sich. Der Mann ging an ihr vorbei, ohne sie zwischen den Büschen zu entdecken. Durch die Äste blickte sie auf das weitere Geschehen auf der Terrasse.

Vielleicht hat sich Berta noch Hilfe geholt, weil mein Vater das alleine nicht schafft.

Doch ihre Gedanken wurden von der Wirklichkeit überholt.

Jürgen Simon schenkte sich und Berta ein Glas Sekt ein. Dann prostete er ihr zu, gefolgt von einem langen Kuss.

Claudia war entsetzt, enttäuscht, traurig.

Sie ging in die Hocke. Das Gebüsch schützte sie vor den Blicken der Anderen, jedoch nicht vor ihren eigenen Gefühlen, die gerade Achterbahn fuhren.

Ihre Augen wurden von dem Geschehen auf der Terrasse förmlich angezogen.

Berta streichelte ihrem Vater über das Gesicht. „Lass uns reingehen. Der Gärtner kommt schon allein zurecht."

Claudia wollte aufspringen, ihren Vater zur Rede stellen, doch ihre Beine zitterten und versagten ihren Dienst.

Zu spät. Die Terrassentür schoss sich.

Ratlos blieb Claudia hinter dem Gebüsch sitzen. Ihre Hände gruben sich in die Erde. Einige Steine drückten sich in ihre Handinnenflächen, lenkten sie ab und führten sie wieder zurück in die Realität.

Sie wartete ab, bis der Gärtner mit dem Kanister wieder an ihr vorbei war.

Unbemerkt schlich sie sich vom Grundstück der Berta Schmidt.

Der Grillgeruch, der von den anderen Vorgärten zu ihr herüberwehte und eben noch so verlockend geduftet hatte, erzeugte jetzt nur noch ein flaues Gefühl in ihrem Magen.

Mechanisch stieg sie in ihren Panda und startete den Wagen.

1985: Zecke

„Wir müssten eigentlich gleich da sein." Uwe faltete die Straßenkarte wieder zusammen.

Es war früher Nachmittag, als sie Hamburg erreichten. Frank saß am Steuer seines Golfs. Uwe navigierte ihn mithilfe der Karte durch die Stadt. Claudia hatte es sich auf dem Rücksitz bequem gemacht.

Sie war froh, dass Franks Freundin Andrea nicht mit von der Partie war. Als Frank ihr von dem Trip nach Hamburg erzählt hatte, meinte sie nur: „Nee, ich hab hier Wichtigeres zu tun. Such du mal deinen Doppelgänger alleine. Außerdem hast du ja Uwe und Claudia zur Unterstützung."

Trotzdem konnte Claudia sich nicht richtig auf die vor ihr liegende Aufgabe, das Finden von Michael, konzentrieren. Zu sehr beschäftigte sie sich noch mit den Vorgängen auf der Terrasse von Berta Schmidt.

Ich hätte es doch meiner Mutter sagen sollen, überlegte sie.

Die vergangenen Tage hatte sie oft darüber gegrübelt, was sie unternehmen sollte: Ihrem Vater sagen, dass sie ihn mit Berta gesehen hatte? Ihre Mutter von dem Verhältnis in Kenntnis setzen?

Sie war zu keinem Ergebnis gekommen, verschob die Entscheidung auf später.

„Das müsste jetzt St.Pauli sein", meinte Uwe und drehte den Kopf nach hinten. „Sollen wir uns hier ein Hotel nehmen? Was meinst du Claudia?"

Die direkte Ansprache riss sie aus ihren Überlegungen.

„Ich weiß nicht. Sieht nicht besonders toll aus in der Gegend", antwortete sie. Neubauten wechselten sich mit älteren, heruntergekommenen Häusern ab. Die Auspuffgase der vielen Autos verpesteten die Luft, und die Sexkinos trugen auch nicht gerade zu einem einladenden Eindruck bei.

„Und du bist dir sicher, dass hier auch die Hafenstraße ist, die in der Reportage gezeigt wurde?", fragte sie Uwe.

„Natürlich. Etwas weiter südlich; zum Hafen runter. Oder meinst du, ich könnte keine Landkarten lesen?", fragte Uwe gereizt.

„Is ja schon gut. Ich meine nur, wir sollten in eine Seitenstraße fahren, in der nicht so viel los ist. Da gibt es bestimmt auch Hotels."

„Können wir machen", ging Frank auf Claudias Vorschlag ein. Ohne den Kommentar von Uwe abzuwarten, bog er nach rechts in eine kleinere Straße ein.

„Da vorne!" Claudia zeigte auf einen freien Parkplatz.

Frank lenkte den Golf in die Parklücke und stieg als Erster aus. „Na wer sagt´s denn?" er streckte sich und zeigte auf ein Hotel, das ein paar Meter weiter stand.

„Sieht schon besser aus", bestätigte Claudia. Der Altbau wurde anscheinend erst vor Kurzem saniert und sah im Gegensatz zu den anderen Hotels, die sie bisher gesehen hatte, ganz passabel aus.

„Ganz neu ist der Kasten aber nicht", beschwerte sich Uwe, dem man seit ein paar Tagen nichts mehr recht machen konnte.

Frank überging seine Bemerkung und ging mit Claudia auf das Hotel, das den Namen „ZUM ANKER" trug, zu.

Uwe stapfte hinterher. „Hier heißt alles „ZUM ANKER" oder „ZUM BESOFFENEN SEEMANN", oder so. Ich hasse diese Stadt schon jetzt", brummelte er.

Frank zog die schwere Eichentür auf. „Hereinspaziert", meinte er und ließ Claudia und Uwe den Vortritt.

Uwe überholte Claudia und teilte den roten Samtvorhang, der den Eingangsbereich vom Flur trennte. Nach ein paar Stufen standen sie vor der unbesetzten Empfangstheke.

„Sieht aus wie in alten Filmen", flüsterte Claudia.

Und riecht auch so, dachte sie. Zwar nicht gerade vermodert, aber irgendwie alt.

Hinter der Holztheke, die in einer Nische eingebaut war, befand sich ein großes Regal mit den Zimmerschlüsseln, daneben eine Tür. Auf der Theke lag eine silberne Hotelklingel, die gerade von Uwe fleißig bedient wurde. Unablässig schlug er auf den hervorstehenden Stift.

„Ja, ja. Ick kumm ja!", tönte es dumpf.

Die Tür öffnete sich und vor den Dreien stand eine ältere Frau, die kaum über die Theke schauen konnte.

„Wie viel Stunden?", fragte die Alte unvermittelt.

„Wie bitte?" Frank starrte sie konsterniert an.

Die Frau nahm einen Kaugummi aus dem Mund und warf ihn in den Abfalleimer unter der Theke. „Bin ich so schlecht zu verstehen?", fragte sie. „Wie lange wollt ihr bleiben?"

„Ach so. Das wissen wir noch nicht."

Die Alte sah Frank von oben bis unten an. Dann ging ihr Blick zu Uwe und blieb an Claudia hängen. „Hast dir ja Einiges vorgenommen Mädel", meinte sie grinsend.

Langsam dämmerte es Claudia, was das hier für ein Hotel war. Sofort bereute sie es, den Minirock angezogen zu haben.

Uwe schien die Sachlage immer noch nicht begriffen zu haben. „Wir brauchen ein Doppelzimmer", sagte er, machte eine kleine Pause, legte seinen Arm um Claudia und fuhr, mit einem Blick auf Frank, fort. „Und ein Einzelzimmer."

„Lass gut sein Uwe. Ich glaube wir suchen uns ein anderes Hotel", schlug Frank vor und sah Claudia wissend an.

„Warum? Ist doch okay hier", beschwerte sich Uwe, wurde aber gleichzeitig von Frank die Treppenstufen herunter geschoben.

Claudia war über die Begriffsstutzigkeit ihres Freundes erschreckt. „Erklär ich dir gleich", sagte sie und war froh, als sie wieder auf der Straße stand.

***

„Mein Gott. Ich hab eben nicht damit gerechnet, in so einem Hotel zu landen", verteidigte sich Uwe, nachdem Claudia ihn noch einmal an seine lange Leitung erinnert hatte. „Kann doch mal passieren", meinte er und klappte seinen Koffer auf.

Nach dem Fehlgriff mit dem Hotel „ZUM ANKER", hatten sie doch noch eine vernünftige Unterkunft in der Nähe der Hafenstraße gefunden. Diesmal hieß das Hotel „ZUM GOLDENEN ANKER" und machte seinem Namen alle

Ehre. Der ganze Neubau war modern eingerichtet und hinter der Rezeption stand ein junger Mann, der einen seriösen Eindruck machte; im Gegensatz zu der Alten von vorhin.

Claudia öffnete ebenfalls ihren Koffer. T-Shirts, Blusen, Hosen, Röcke, Unterwäsche - alles landete schön zusammengelegt in ihrer Schrankhälfte. Uwes Abteilung wirkte dagegen als hätte eine Bombe eingeschlagen. Ohne seine Klamotten zu sortieren, hatte er die Kleidungstücke in die Fächer gestopft.

„Du hast ja ganz schön viel mitgenommen", meinte er und warf sich auf das Doppelbett. „Was denkst du, wie lange wir hier bleiben?"

„Bis wir Michael gefunden haben", antwortete Claudia. Sie war mit dem Ausräumen am Boden des Koffers angekommen. Nur noch ein Teil lag dort.

Dieses Teil war kein Kleidungsstück.

Die Erinnerungen bahnten sich wieder ihren Weg.

Michaels Geburtstag im Zeltlager; das Päckchen seiner Eltern mit dem Zauberwürfel und dem Brief, der den bevorstehenden Umzug ankündigte.

Claudia griff in den Koffer und holte den Würfel heraus, der immer noch in seiner Originalverpackung ruhte.

Uwe lag träumend auf dem Bett und starrte an die Decke.

Verstohlen steckte sie den Zauberwürfel hinter ihre Blusen. Sie hatte keine Lust dazu, Uwe über die Bedeutung, die dieser Würfel für sie hatte, aufzuklären. Er war schon eifersüchtig genug.

„Gehen wir rüber zu Frank?"

„Komm erst mal zu mir", säuselte Uwe vom Bett aus und streckte seine Arme in die Luft.

Claudia ging hin, ergriff eine Hand und zog ihn nach oben.

„Dafür ist später noch Zeit", vertröstete sie ihn.

Uwe war noch mürrisch, als sie in Franks Zimmer standen.

Sein Einzelzimmer war direkt neben dem Doppelzimmer von Claudia und Uwe.

„Hier sind wir auf jeden Fall besser untergekommen als in diesem Rotlichthotel", stellte Frank fest, mit Blick auf die gehobene Ausstattung, die noch den Geruch des Neuen verströmte.

„Hoffentlich müssen wir nicht allzu lange hier bleiben," knurrte Uwe. „Ich weiß nicht, ob ich mir einen längeren Aufenthalt hier leisten kann. Besonders, da ich mir nicht sicher bin, ob ich noch eine Arbeitsstelle habe, wenn wir wieder zuhause sind."

Frank beruhigte ihn. „Mach dir da mal keine Sorgen. Mein Vater ist auch daran interessiert, die Sache mit Michael aufzuklären. Er hat mir genug Geld für uns drei mitgegeben."

„Soll das heißen, dein Vater bezahlt für uns?", erkundigte sich Claudia.

„Natürlich. Was habt ihr den gedacht?"

Uwe zog scharf die Luft ein.

Ich sehe ihm an, dass er damit auch nicht einverstanden ist, stellte Claudia fest. Uwe lässt sich nicht gerne etwas bezahlen.

Frank schien nichts zu bemerken. Das Thema Geld war damit für ihn erledigt. „Seid ihr bereit, für einen Ausflug in die Punkerszene?", fragte er.

Claudia und Uwe nickten. Claudia hatte sich umgezogen, trug jetzt ihre älteste Jeans und das schlapperigste T-Shirt, das sie hatte auftreiben können. Auch Uwes Klamotten hatten schon bessere Tage gesehen, und das Muskelshirt, das Franks Oberkörper bedeckte, passte so gar nicht zu seiner sonstigen Kleiderauswahl.

Nur nicht zu sehr auffallen zwischen den Punks, hieß die Devise.

Mit dem Aufzug fuhren sie in die Lobby.

Der Hotelangestellte, der ihre Zimmerschlüssel entgegennahm, sah die drei verwundert an. Man merkte ihm an, dass es hinter seiner Stirn arbeitete.

„Wir recherchieren für die Zeitung in der Hafenstraße", flunkerte Frank und beantwortete so die unausgesprochene Frage des Mannes hinter dem Tresen.

„Ach so. Aber passen sie gut auf sich auf. Erst letztens haben Punker ein Kamerateam angegriffen", warnte der Angestellte.

„Genau die suchen wir", erklärte Uwe im Vorübergehen.

Das Auto ließen sie in der Tiefgarage des Hotels stehen. Zur Orientierung in der Stadt hatte sich Uwe einen Teil der Straßenkarte auf ein Stück Papier gezeichnet. Das Blatt konnte er besser in der Hosentasche verschwinden lassen als so eine riesige Faltkarte, die sowieso kein Mensch wieder in ihren Originalzustand zurückfalten konnte.

„Wir müssen hier weiter." Uwe steckte den gezeichneten Plan wieder zurück. Der Weg führte sie über die Reeperbahn, die Davidstraße runter, bis zu den St.Pauli Landungsbrücken.

„Hier sollen die Hausbesetzer sein?", zweifelte Claudia.

Das geschäftige Treiben bei den Landungsbrücken irritierte sie. Touristen, Schiffe, Brücken, Ladekräne - alles bunt durcheinander. Es roch nach Wasser, Menschen und Möwenkacke. Doch Claudia konnte keinen einzigen Punker sichten.

„Wir müssen diese Treppe finden, auf der der Reporter sich eine blutige Nase eingefangen hat", schlug Frank vor. „Dort werden wir bestimmt auf jemand treffen, der uns weiterhelfen kann."

„Okay. Hier vorne ist die Hafenstraße." Uwe hatte das Straßenschild entdeckt, bevor er wieder seinen Zettel aus der Versenkung hervorholen musste.

Die Hafenstraße bot nach kurzer Zeit wieder ein ganz anderes Bild von Hamburg. Die bemalten Häuser mit Sprüchen wie: ZSAMMENLEGUNG ALLER KÄMPFENDEN GEFANGENEN, oder, ISOLATIONS-HAFT IST FOLTER, stürzten sich förmlich auf die drei Freunde.

Claudia griff nach Uwes Hand. Alleine würde sie sich bestimmt nicht in diese Gegend trauen, zumal jetzt auch das Publikum langsam von Besuchern auf Hausbesetzer wechselte; wobei sich immer noch einige tapfere Touristen hier aufhielten, um Fotos fürs Familienalbum zu schießen.

„Hier muss es gleich sein", vermutete Frank, der die Gegend von den Fernsehaufnahmen wiedererkannte.

„Ja, hier ist es", flüsterte Claudia, als sie sich der Balduintreppe näherten. Ihr Herz schlug bis zum Hals.

Die Treppe bot einen chaotischen Eindruck. Leere Bierdosen und sonstiger Müll lag auf jeder zweiten Stufe.

„Kein Mensch hier", meinte Frank enttäuscht.

Uwe war anderer Meinung. „Quatsch. Hör doch mal."

Vom oberen Ende der Treppe drang undefinierbarer Lärm nach unten. Bei genauerem Hinhören konnte es sich aber auch um Musik handeln, die von dort die Stufen runterpolterte.

„Ich schätze, die sind dort oben in der Kneipe", fuhr Uwe fort und zeigte auf ein Eckhaus, das mit seiner bunten Kriegsbemalung auf sich aufmerksam machte.

Ich muss zugeben, hier war ein Künstler am Werk, dachte Claudia.

Das Erdgeschoss war dunkelrot gestrichen. Zwischen den Fenstern, die direkt an der Treppe lagen, waren drei vielarmige, symbolhafte Gestalten zu sehen, die den Betrachter schnell in ihren Bann zogen. Die Eingangstür wurde flankiert von zwei aufgemalten Köpfen: links ein blauer Kopf mit Stachelfrisur, rechts ein gelber Kopf mit Medusahaaren. Über der Tür hing ein Schild mit dem Namen der Kneipe: ONKEL OTTO.

Die Augen der beiden Köpfe, von denen nur jeweils eins zu sehen war, waren im Verhältnis zum Kopf zu groß, wirkten aber wie die Augen der Kneipe.

Claudia schüttelte sich. „Und da wollen wir reingehen?", fragte sie, denn die Tür zum ONKEL OTTO sah mit ihren Aufklebern und teils zerrissenen Plakaten nicht sehr einladend aus. Außerdem drang immer noch der Krach nach draußen, der sich erst beim zweiten Hinhören als Musik festlegen ließ.

Doch ein Betreten der Kneipe erübrigte sich. Die Tür flog auf und spuckte zwei Typen ans Tageslicht, die die Bezeichnung betrunken nicht verdienten; sturzbesoffen, traf es eher.

„Hey, macht mal Platz", lallte der Dicke mit den kurzen schwarzen Haaren. Er hielt sich tapfer an seinem dürren Kumpel mit dem bunten Hahnenkamm fest.

„Kann ich euch helfen?", fragte Uwe und packte den Dicken, der kurz vorm Stolpern war, unter die Arme.

„Danke Mann. Wir wollen uns nur auf die Treppe setzen", erwiderte der Dünne, der trotz seines hohen Alkoholpegels noch am vernünftigsten schien.

Frank packte jetzt auch zu und gemeinsam gelang es den Beiden, die Besoffenen sicher auf einer Treppenstufe zu parken.

Der Dicke brummelte etwas Unverständliches, dann übergab er sich.

Beisender Gestank schoss in Claudias Nase. Sicherheitshaber ging sie noch ein paar Stufen weiter runter und atmete ganz flach.

Uwe und Frank schien das Erbrochene nicht viel auszumachen; immer noch standen sie neben den zwei Punkern.

„Hör mal", sprach Frank den dünnen Irokesen an, „wir suchen einen Freund, der mir ähnlich sieht, nur dass er rot gefärbte Haare hat. Kennst du ihn?"

Der Angesprochene sah nach oben. Sein Blick klärte sich kurzzeitig. „Rotfuchs", meinte er. „Du siehst wirklich aus wie Rotfuchs."

„Der meint Michael", rief Claudia aufgeregt, verzichtete auf ihren Sicherheitsabstand und sprang die Stufen nach oben. Sofort stieg ihr wieder der unangenehme Geruch in das Riechorgan. Sie musste würgen.

„Kennst du Michael? Wo ist er?", fragte sie schnell, hielt sich die Nase zu und atmete durch den Mund.

„Michael? Keine Ahnung wie der wirklich heißt. Hier nennen ihn alle nur Rotfuchs", bekam sie zur Antwort.

Frank stellte sich neben Claudia vor den Iropunk und beugte sich zu ihm runter. „Hast du Rotfuchs heute schon gesehen? Ist er hier in der Kneipe?"

„Nee. Hab ihn schon seit ein paar Tagen nicht mehr gesehen. Aber ihr könnt ja mal seinen Kumpel Zecke nach ihm fragen. Meist hängt er mit dem rum."

„Wo finden wir diesen Zecke?", fragte Uwe.

Der dürre Punk mit der Irokesenfrisur rülpste lautstark. „Gleich hier unten in dem grünen Haus. Jedenfalls denke ich, dass er dort ist." Er zeigte auf ein grünbemaltes Haus am Anfang der Treppe in der Hafenstraße.

„Worauf warten wir?", drängte Claudia zum Aufbruch. Sie war schon einige Stufen nach unten gestiegen und atmete tief durch.

Uwe deutetet Franks mitleidvollen Blick auf den besoffenen Dicken und meinte: „Komm. Ich glaub der kann sich selbst helfen. Außerdem hat er ja seinen Freund hier an der Seite." Er klopfte dem Punker mit dem Hahnenkamm auf die Schulter, verabschiedete sich und schloss zu Claudia auf. Frank zögerte kurz, stieg aber dann auch die Stufen runter.

***

Grün ist die Hoffnung, dachte Claudia. Die Hoffnung endlich Michael zu finden.

Doch statt Hoffnung strahlte das grüne Haus eher Unbehagen aus, das ihr langsam die Beine hochkroch.

Das Tor zum Innenhof stand sperrangelweit auf. Wahrscheinlich ließ es sich auch gar nicht mehr richtig schließen vor lauter Unrat. Zerschlissene Möbel, defekte Fernsehgeräte, Tüten mit Müll und sonstiger Schrott bildeten ein wildes Durcheinander. Plakate mit kruden Parolen hingen an den Wänden, Flugblätter deckten teilweise die Müllberge zu.

„Kein schöner Ort zum Leben", sagte Claudia und dachte an ihre Wohnung und die Bäckerei ihrer Eltern. Die bloße Erinnerung an den Duft frischgebackener Brötchen war eine Wohltat für ihren Geruchssinn, der auch hier wieder stark in Mitleidenschaft genommen wurde.

Auf einer ausgebauten Autorückbank, die vor dem Eingang zu den Wohnungen stand, lag eine Gestalt auf dem Bauch und schlief. Vor der Rückbank lagen etliche leere Bierdosen auf dem Boden.

Uwe schlich sich leise an. „Soll ich den mal fragen, ob er uns weiterhelfen kann?"

„Ich weiß nicht. Wir sollten erst einmal im Haus nachsehen", schlug Claudia vor. Schlafende Punker sollte man - wie schlafende Hunde - vielleicht besser nicht wecken, ging ihr durch den Sinn.

Uwe sah das anscheinend anders. „Hey", rief er, als er knapp vor der Ruhestätte des Punks stand. Zur Unterstützung trat er noch mit seinem Fuß gegen den Rücksitz.

„Was…?" Der Punk drehte sich auf den Rücken und schlug die Augen auf. Seine schwarzen Haare standen nach allen Himmelsrichtungen ab.

„Der Typ, der den Reporter verdroschen hat", hauchte Claudia atemlos zu Frank.

„Hey du Pisser. Was soll das?" Der Kerl reckte sich und setzte sich auf. „Seid ihr von der Bullerei oder so?"

Frank versuchte den Punker, dessen Bierfahne ihm entgegenschlug, zu beruhigen. „Wo denkst du hin? Wir suchen nur nach Zecke." Ein durchdringender Blick traf ihn.

„Wer sucht Zecke und warum?", grummelte der Schwarzhaarige.

Uwe verlor die Geduld. „Mein Gott. Weißt du nun, wo dieser Typ ist, oder nicht?", fauchte er den Aufgewachten an.

Der Arm des Punkers zuckte hoch, seine Hand packte Uwe am Hals. Blitzschnell stand er auf und drückte zu.

Uwe schlug von unten seinen Arm zurück, röchelte.

Der Punk griff in seine Hosentasche. Etwas in seiner Hand blitzte auf.

„Pass auf!", schrie Claudia. „Der hat ein Messer!"

„Scheiße", murmelte Frank und versuchte von hinten an den Messerstecher heranzukommen.

„Ihr Arschlöcher! Kommt mir nicht zu nahe!", brüllte der Kerl. Der Speichel flog ihm aus dem Mund.

Vom Hofeingang erklang eine Stimme. „He Zecke! Was soll das? Leg das Messer weg!" Der dürre Irokesenpunk war ihnen gefolgt und näherte sich schwankend.

„Du bist Zecke? Der Kumpel von Rotfuchs?", fragte Frank.

140

Der Punk mit dem Messer drehte sich um, sah ihn erstaunt an. „Jetzt weiß ich, was hier nicht stimmt. Deine Klamotten, die schwarzen Haare. Was ham se mit dir gemacht, Rotfuchs?"

„Ich bin nicht Michael", bekam er als Antwort, die ihn vollends verwirrte.

„Michael? Was für ein Michael?" Er fuchtelte wild mit seinem Messer um sich. „Was habt ihr mit Rotfuchs gemacht, ihr Bullenschweine!"

Uwe stand jetzt in Zeckes Rücken, nickte Frank kurz zu und warf sich dann auf den Punk. Seine Arme umklammerten ihn. Doch Zeckes Kräfte waren stärker, als man es ihm zugetraut hätte. Mit einem lauten Aufschrei befreite er sich aus der Umklammerung.

Zecke drehte sich um und stach zu.

Claudia kreischte auf.

Ungläubig starrte Uwe auf das blutverschmierte Messer in Zeckes Hand, das ihn oberhalb der Hüfte verletzt hatte.

Zecke ließ die Waffe auf den Boden fallen, taumelte zurück und wurde von Frank und dem Iropunk zu Boden geworfen.

„Das... das... wollte ich nicht", stammelte er kreidebleich.

Der Kampf im Hof war nicht unbemerkt geblieben. Ein Fenster in zweiten Stock öffnete sich. Eine junge Frau mit grün-gelben Haaren erschien. „Ich ruf einen Krankenwagen", schallte es hinunter.

Frank überließ den wimmernden Messerstecher dem Dürren, der sich auf ihn gesetzt hatte. Schnell trat er zu Uwe, der in sich zusammengesunken war.

„Hilf mir, ihn auf die Autorückbank zu legen", verlangte er von Claudia, der das Entsetzen immer noch ins Gesicht geschrieben war.

Gemeinsam legten sie ihn auf das Polster. Frank riss Uwes blutiges T-Shirt auf. „Der Stich ist nicht allzu tief", stellte er fest. „Such mal etwas zum Verbinden."

Du hast gut reden, dachte Claudia. In diesem Müll etwas zum Verbinden finden. Trotzdem machte sie sich auf die

Suche und fand tatsächlich nach kurzer Zeit einen intakten Autoverbandskasten.

„Ich brauch eine Wundkompresse und ein Verbandspäckchen", sagte Frank.

Claudia riss die Verpackungen auf.

„Scheiße. Scheiße. Scheiße", jammerte Uwe.

„Beiß die Zähne zusammen", empfahl Frank. Dann drückte er die Kompresse auf die Wunde und legte einen Verband an.

Als der Krankenwagen eintraf, saß Uwe kreidebleich auf der Autorückbank.

Claudia war neben ihm und hielt seine Hand. Der Schock saß tief. Ihr Kopf war plötzlich wie leergefegt. Alle Gedanken an Michael, ihren Vater und Berta, die sie heute so beschäftigt hatten, schienen sich aufgelöst zu haben. Stumm verfolgte sie das weitere Geschehen.

„Was ist passiert?", fragte der Sanitäter. Mit seinem Schnäuzer sah er aus wie Tom Selleck aus der TV-Serie Magnum.

„Stichwunde, etwa vier Zentimeter lang, zwei Zentimeter breit", berichtete Frank.

Der Magnum-Sanitäter sah sich um. Weiter hinten im Hof saß Zecke zitternd an einer Wand. Der Iropunk redete auf ihn ein, versuchte ihn zu beruhigen.

„Wir nehmen ihren Freund erst mal mit ins Krankenhaus und untersuchen dort die Wunde", sagte „Magnum" zu Frank, machte eine kurze Pause und wies nach hinten. „Was ist mit den zwei Punkern?"

„Der Eine hat zugestochen, aber von denen ist keiner verletzt", klärte Frank den Sanitäter auf.

„Wenn sie den anzeigen wollen, kann ich die Polizei informieren. Die sind sowieso öfters hier in der Gegend."

Uwes Zustand war wieder recht stabil, nachdem er eine Infusion von dem zweiten Sanitäter bekommen hatte. „Ich überleg es mir", sagte er zu dem Schnauzbärtigen.

„Wie sie wollen", antwortete „Magnum" und zog die Schultern hoch.

Claudia hielt weiter Uwes Hand und begleitete ihn in den Krankenwagen.

***

„Oh mein Gott", stöhnte Claudia und ließ sich auf das Doppelbett fallen.

Frank schloss die Hotelzimmertür. Er ging zum Fenster und sah nach draußen. Mittlerweile war es Nacht. Trotzdem war der Verkehr auf den Straßen nicht weniger geworden; im Gegenteil. Man konnte den Eindruck bekommen, dass immer mehr Autos in St. Pauli herumkurvten, je später es wurde.

Er schloss die Vorhänge.

„Glaub mir, es besteht keine Gefahr mehr für Uwe", versuchte er Claudia zu beruhigen.

„Warum muss er dann über Nacht im Krankenhaus bleiben?" Sie setzte sich auf, sah Frank in die Augen.

„Routine. Morgen früh sieht sich der Chefarzt die Wunde an und er kann wieder gehen."

„Mhh...", machte Claudia. Ganz überzeugt war sie davon nicht.

„Wir können dann wieder weiter nach Michael suchen. Aber jetzt sollten wir schlafen, damit wir morgen fit sind."

Frank stand auf, ging zur Tür.

„Bleib bitte noch etwas. Ich kann noch nicht schlafen", bat Claudia. Am liebsten wäre mir, du würdest gar nicht gehen. Ich hab Angst davor, allein in diesem Zimmer zu bleiben, dachte sie.

„Keine Panik. Mein Zimmer ist direkt nebenan", sagte er sanft, als ob er ihre Gedanken gelesen hätte. „Aber wenn es dir lieber ist, bleib ich noch ein wenig." Er setze sich in den Sessel, Claudia gegenüber.

Sie atmete auf, kam zur Ruhe.

„Sag mal, versteh mich nicht falsch, aber ich wollte dich schon immer etwas fragen", eröffnete sie ihm.

„Schieß los." Er schlug die Beine übereinander.

„In der Schule warst du damals echt ein - entschuldige - Arschloch. Gibt es einen Grund dafür, dass du dich so stark verändert hast?"

Diese Frage brannte ihr schon seit ihrem ersten Wiedersehen in der Bank auf den Nägeln. Sie hatte sich aber nie getraut, ihn danach zu fragen.

Frank räusperte sich.

„Du hast recht. Ich war ein Arsch. Hab mir nie wirklich Gedanken über das Leben gemacht. Doch dann kam der Tag mit dem Unfall." Er schluckte hart.

„Du hattest einen Unfall?", hakte Claudia nach.

„Nein, nicht ich. Ich hatte damals noch das Mofa. Du erinnerst dich? Auf jeden Fall fuhr ich über eine schwach befahrene Landstraße, da sah ich schon von Weitem ein Auto auf dem Dach im Straßengraben liegen. Ich hielt an."

Er machte eine Pause. Die Erinnerungen stürmten auf ihn ein.

„Eine junge Frau lag draußen, blutüberströmt. Sie streckte ihre Hand nach mir aus, wiederholte immer nur die Worte: „Mein Kind... mein Kind...". Ich sah das Kind im Auto liegen - ein Baby, in einem Zustand, den ich ihn dir jetzt nicht schildern möchte."

Wieder eine Pause. Claudia merkte Frank an, wie er um Worte rang.

„Ich war so hilflos. Ging zu der Frau, wusste nicht was ich sagen, nicht was ich machen sollte. Kein anderes Auto weit und breit. Bis zum nächsten Ort hätte ich mit meinem Mofa eine viertel Stunde gebraucht."

Frank legte seinen Kopf in die Hände, rieb sich durchs Gesicht und schluckte hart.

„Sie streckte mir immer noch ihre Hand entgegen, fragte nach ihrem Kind. Ich ergriff die Hand, versuchte sie zu trösten, doch ich fand keine Worte. Dann ließ der Druck ihrer Hand nach."

Claudia sah, wie Frank mit den Tränen kämpfte.

„Kurze Zeit später kam ein Wagen. Der Mann nahm mich mit und rief vom nächsten Ort den Notruf an. Am nächsten Tag erfuhr ich vom Tod der Frau und ihrem Baby."

„Das war ja schrecklich", schüttelte sie sich. Die Verletzung von Uwe erschien ihr auf einmal wie eine Bagatelle.

„Seitdem stand mein Entschluss, Arzt zu werden, fest. Wenn ich damals schon gewusst hätte, was zu tun wäre..."

Claudia stand auf, ging zu dem Sessel und strich Frank über die Haare. „Denk nicht dran. Du konntest nichts anderes machen."

Die Berührung, seine Traurigkeit und Nähe rief verwirrende Gefühle in ihr hervor.

„Ich... ich geh jetzt erst mal duschen. Bleib bitte hier", bat sie ihn.

Frank nickte.

Sie ging zum Schrank, holte ihren Bademantel und verschwand im Bad.

Das Wasser prasselte kühl und nass auf ihren Körper.

Sie stellte erstaunt fest, dass ihre Gedanken sich nicht so stark mit Uwe beschäftigten, wie es nach dieser Messerattacke eigentlich hätte sein sollen. Auch Michael spielte nur eine untergeordnete Rolle in ihrem Gefühlstheater.

Die Hauptrolle spielte Frank!

„Claudia? Alles ok? Du bist schon eine viertel Stunde am Duschen."

„Ich komme", rief sie zurück und stellte den Wasserstrahl ab.

Die Haare rieb sie nur kurz mit einem Handtuch trocken. Sie zog den Bademantel an, nahm ihre Klamotten und ging zurück ins Zimmer.

Frank hatte inzwischen das Uhrenradio eingeschaltet. Der kleine Lautsprecher bemühte sich redlich, den bombastischen Sound von ASIA in das Zimmer zu übertragen - er musste kläglich scheitern.

Frank sah Claudia mit großen Augen an. „Ich geh dann auch mal unters Wasser", meinte er, stand vom Bett auf und ging langsam an ihr vorbei.

Der Lautsprecher des Uhrenradios versuchte weiterhin den Titel: „HEAT OF THE MOMENT", gut rüberzubringen.

Frank brauchte eine Abkühlung.

Claudia setzte sich aufs Bett. Eine seltsame Stimmung hatte von ihr Besitz ergriffen.

Tausend Gedanken schossen ihr durch den Kopf, während Frank unter der Dusche stand.

Das grelle Deckenlicht störte sie plötzlich. Auf den Nachttischschränkchen standen kleine Lämpchen mit bunten Schirmen, die sie einschaltete. Dann ging sie zur Tür, knipste das Zimmerlicht aus. Schon besser.

Die Musik aus dem Uhrenradio wechselte wieder; dieser ruhige Song kam besser rüber. Claudia stand noch an der Tür, eine Gänsehaut lief ihren Rücken hinunter. Der Song weckte eine ganz bestimmte Erinnerung.

„Wollen wir?"

Sie hatte nicht gemerkt, wie sich die Tür zum Bad geöffnet hatte. Frank stand da, nur mit einem Handtuch bekleidet und streckte den linken Arm vor.

„I know this much is true"

SPANDAU BALLET entführte sie in die Vergangenheit. Das Hotelzimmer verwandelte sich in Franks Wohnung; die Gäste waren gegangen, die Einweihungsparty zu Ende.

Claudia griff nach Franks Hand. Sie klammerte sich an ihn und gemeinsam bewegten sie sich im Takt der Musik.

Sie schob alle anderen Gedanken zurück die versuchten, diesen magischen Moment zu zerstören.

Dann löste sie sich von Frank, ging einen Schritt zurück und sah ihm in die Augen. Ihre Finger zogen am Gürtel des Bademantels.

Das trennende Stück Stoff fiel auf den roten Teppich des Hotelzimmers.

Frank ging einen Schritt nach vorne. Seine Arme umfassten Claudia; seine Lippen legten sich auf ihre.

Der Kuss erschien Claudia endlos.

Dann spürte sie, wie das Handtuch um Franks Hüften langsam nach unten glitt und sich mit ihrem Bademantel vereinte.

1985: Michael

„Okay, wir holen dich dann heute Nachmittag ab."
Claudia legte den Hörer auf die Gabel.

„Was sagt er?", erkundigte sich Frank.

„Soweit ist alles in Ordnung. Bis er seine Papiere bekommt, muss er allerdings noch im Krankenhaus bleiben."

Frank sah vom Bett aus rüber zum Sessel, in dem Claudia saß. Sie hatte wieder ihre Schlabberklamotten angezogen, genauso wie er.

„Was machen wir jetzt?", fragte sie ihn.

„Wir gehen wieder zu der Treppe. Vielleicht haben wir heute mehr Glück."

„Das meine ich nicht."

„Du meinst wegen letzter Nacht?" Er stand auf, schüttelte leicht den Kopf. „Keine Ahnung. Wir sollten erstmal so weitermachen wie bisher."

„Ich weiß nicht, ob ich das kann", antwortete Claudia enttäuscht. Ich wünschte Frank würde zu mir stehen.

Auf der anderen Seite war da noch Uwe, der in letzter Zeit einiges mitgemacht hatte und den Claudia nicht direkt vor vollendete Tatsachen stellen wollte.

Andrea war auch nicht zu vergessen. Sie war immerhin Franks Freundin, obwohl Claudia diesen Umstand gerne vergessen hätte.

„Dann lass uns gehen", seufzte sie. Im Moment fiel ihr auch keine bessere Lösung ein. Noch ein Problem, das ich auf die lange Bank schieben muss.

Claudia schnappte sich ihre schwarze Umhängetasche und verließ mit Frank das Hotel.

***

Die Sonne versteckte sich heute unter dicken Wolken, die zwar nicht bedrohlich nach Regen aussahen, aber ihre Stimmung auch nicht gerade anhoben.

„Ich glaube nicht, dass wir zu dieser frühen Uhrzeit schon jemand antreffen", vermutete Frank, als die Balduintreppe in Sichtweite kam.

Claudia sah auf ihre Armbanduhr. „Ist doch schon zehn", stellte sie fest.

„Zu früh für Punker, die ihren Rausch ausschlafen müssen", erwiderte er - doch da täuschte er sich.

Als sie die ganze Treppe im Blick hatten, erkannten sie zwei Gestalten, die auf der obersten Stufe saßen und mit ihrem Frühstück - trockenen Brötchen und Cola - beschäftigt waren.

Der rechte war als dürr zu bezeichnen; ein bunter Hahnenkamm zierte seinen Kopf: der Iropunk von gestern.

Der linke Punk hielt seinen Kopf gesenkt, biss in sein Brötchen. Seine roten Haare leuchteten Claudia und Frank entgegen.

Claudia riss sich zusammen. „Oh mein Gott. Das ist er", hauchte sie.

Frank ging fast mechanisch die Treppe hoch. Der Rothaarige hob den Kopf und Frank hatte das Gefühl in einen Spiegel zu blicken.

Rotfuchs erstarrte. Mit offenem Mund sah er sich selbst die Treppe hochkommen; nur die Haarfarbe stimmte nicht.

„Ich hab dir doch gesagt, du hast einen Doppelgänger", stieß ihn der Iropunk an. „Glaubst du mir jetzt?"

Rotfuchs stand auf. Frank ging die letzten Stufen hoch, dann standen sie sich gegenüber.

Claudia blieb verblüfft, überrascht und doch befriedigt stehen.

Die Beiden glichen sich, wie ein Ei dem anderen.

Zwillinge!

Daran gab es jetzt fast keinen Zweifel mehr.

Nur anhand der roten Haare und der Narbe an der Nasenwurzel von Michael waren die beiden auseinanderzuhalten.

„Das..., das..., wer...?", stotterte Michael alias Rotfuchs.

„Ich bin Frank. Frank Soltau." Er versuchte seine Nervosität zu überspielen, wusste nicht wohin mit seinen Händen und steckte sie in die Hosentaschen.

Claudia ging weiter, stand jetzt eine Stufe unter den Zweien.

„Hallo Michael", brachte sie mühsam hervor. Ihre Stimme drohte zu versagen.

Michael drehte den Kopf, sah sie von oben bis unten an. Sein ganzer Gesichtsausdruck war ein einziges Fragezeichen.

Claudia half ihm auf die Sprünge. Sie öffnete ihre Umhängetasche und holte den Zauberwürfel hervor.

„Der gehört eigentlich dir. Erinnerst du dich? Dein Geburtstag im Zeltlager?" Sie gab ihm die durchsichtige Packung mit dem Würfel.

„Claudia!", stieß Michael erstaunt hervor. Seine Beine fingen an zu zittern. Er sah von Frank zu Claudia, dann wieder auf den Würfel. „Ich versteh gar nichts mehr", murmelte er.

„Da geht es dir wie mir." Der dürre Irokesenpunk schlug seinem Kameraden auf die Schulter. „Ich hab dir doch von den drei komischen Vögeln erzählt, die nach dir gefragt haben. Wie geht es überhaupt eurem Freund, den Zecke verletzt hat?"

„Ist soweit okay", antwortete Frank. „Kommt heute Nachmittag aus dem Krankenhaus."

Michael und Frank standen sich immer noch gegenüber. Sie betrachteten sich, schüttelten zeitweise den Kopf und fanden keine Worte.

In diesem Moment wurde Claudia klar, dass sie zwar alles in Bewegung gebracht hatte, die Hauptrollen aber Frank und Michael spielten. Das Geheimnis ihrer Trennung musste unbedingt gelöst werden.

„Wir haben viel zu bereden. Ich lade dich zu einem Kaffee ein", schlug Claudia vor. Auf ihrem Weg zur Hafenstraße waren sie an einem kleinen Café vorbei gekommen, das ihr ideal schien, um sich in aller Ruhe auszutauschen.

„Geh nur Rotfuchs", ermutigte ihn der Iro. „Ich trau den Beiden."

Frank sah Michael in die Augen und packte ihn am Arm. „Komm - Bruder", sagte er lächelnd und zog Rotfuchs mit.

***

Das Café war menschenleer. Es kamen zwar ab und zu einige Laufkunden, doch die Sitzplätze blieben, bis auf Frank, Claudia und Michael, frei.

Die Bedienung hatte etwas schräg geschaut, als sie die Drei sah, aber als Claudia im voraus zwanzig DM hinlegte, schien sie beruhigt.

Michael war inzwischen bei seiner zweiten Tasse Kaffee angelangt und hörte sich die Geschichte von der Suche nach ihm an.

„So. Jetzt kennst du unsere Story", sagte Claudia. „Nun bin ich gespannt auf deine."

Nachdenklich blickte Michael auf den Zauberwürfel, den er vor sich auf den Tisch gestellt hatte. „Die Vergangenheit holt mich immer wieder ein", raunte er. „Es wird Zeit einen Schlussstrich zu ziehen."

„Dann lass uns damit beginnen. Ich möchte auch endlich wissen, was damals geschah", ermunterte ihn Frank.

„Wenn das so einfach wäre", begann Michael. „Wie das genau war mit meiner Geburt, weiß ich auch nicht", bedauerte er. „Mein Alter hat mir wenig davon erzählt; und das auch nur, wenn er gut gelaunt war. Auf jeden Fall stimmen der Ort und der Tag meiner Geburt genau mit dem von Frank überein." Er trank einen Schluck Kaffee, sah Frank bedeutungsvoll an.

„Was hat er dir erzählt?" Claudia wurde ungeduldig.

„Mein Vater war damals mit meiner hochschwangeren Mutter im Auto unterwegs, als sie in einen Verkehrsunfall gerieten", fuhr Michael fort.

„Der große Unfall, nachdem es im Krankenhaus drunter und drüber ging", raunte Frank Claudia zu.

„Meine Mutter starb nach meiner Geburt im Krankenhaus an ihren inneren Verletzungen durch den Unfall."

„Deine Mutter ist tot?" Claudia sah ihn mit großen Augen an.

„Mein Vater hat ein Jahr später wieder geheiratet; damit ich eine Mutter habe, hat er immer wieder erwähnt. Für mich war sie dann auch meine Mutter", erklärte Michael.

Frank wackelte nervös mit den Beinen. „Weißt du, ob deine Mutter - ich meine natürlich deine leibliche Mutter - damals Zwillinge bekommen hat?"

„Ich weiß nur das, was ich gesagt habe. Mehr hat mir mein Alter nicht verraten."

„Dann sollten wir deinen Vater befragen", schlug Claudia vor.

„Keine Chance. Mein Vater ist seid fünf Jahren tot."

„Was?" Claudia beugte sich vor, sah Michael fragend an.

„Was denkst du, warum ich hier gelandet bin?", fragte er zurück.

Claudia zuckte mit den Schultern.

„Erzähl schon", forderte Frank ihn auf.

„Das Verhältnis zwischen meinem Vater und mir war nie besonders innig. Die meisten Leute konnten ihn nicht leiden. Seine aufbrausende Art, seine Unfreundlichkeit; damit eckte er überall an."

Das hab ich damals gemerkt, als ich versucht habe mit dir zu telefonieren, dachte Claudia und erinnerte sich an die dunkle, mürrische Stimme seines Vaters.

„Die meiste Zeit war er mit seinem Job bei der Bundeswehr beschäftigt, der uns auch fast jedes Jahr in einen anderen Ort brachte. Wie ich diese Umzieherei gehasst habe!", fuhr Michael fort. „Ich hab erst mit zehn Jahren erfahren, dass meine Mutter eigentlich gar nicht meine Mutter ist. Der Alte hatte immer alles unter Kontrolle; sie war ihm total unterwürfig und hat sich nie getraut mir die Wahrheit zu erzählen, bis mein Vater es für richtig hielt. Seitdem hasste ich beide."

Claudia meinte, in Michaels Augen seine ganze Wut zu sehen. Doch da war noch etwas: Trauer. Unendliche Trauer.

„Du weißt ja, dass wir nach dem Zeltlager wieder umzogen", erklärte er ihr. „Doch schon ein paar Tage später starben mein Vater und meine Stiefmutter bei einem Verkehrsunfall. Ich kam in ein Heim, da ich auch sonst keine Verwandten habe, die mich hätten aufnehmen können. Vom Heim ging es zu einer Pflegefamilie, zurück ins Heim, wieder zu einer Pflegefamilie usw... Keiner wollte mich wirklich haben. Bis ich alt genug war, allein über mein Leben zu entscheiden."

„Und diese Entscheidung hat dich hierhin gebracht?", unterbrach ihn Frank.

„Kann man so sagen. Hier fand ich endlich Freunde, die mich so akzeptieren, wie ich bin."

Eine Zeit lang herrschte Schweigen. Jeder hing seinen eigenen Gedanken nach. Schließlich machte Frank einen Vorschlag.

„Hör mal. Ich möchte gerne das Geheimnis unserer Geburt lösen. Das geht aber nur wenn du mit uns zu meinen Eltern kommst. Ich schreib dir jetzt die Adresse von dem Hotel auf, in dem wir wohnen. Wenn du dich entschieden hast, dann komm nach sechs Uhr heute Abend zu uns. Dann können wir auch endlich klären, ob wir wirklich Zwillinge sind. Es gibt nämlich noch ein besonderes Merkmal."

Claudia wurde rot. Sie wusste, was Frank damit meinte.

***

„Der kommt nicht", moserte Uwe und stand von seinem Sessel auf.

Claudia zog ihn wieder nach unten. „Setz dich. Es ist erst zehn nach sechs. Lass ihm noch etwas Zeit."

Sie hatten Uwe aus dem Krankenhaus abgeholt und ihm die Geschichte von Michael erzählt. Nun saßen sie in der Lobby ihres Hotels und behielten die Tür im Auge.

„Du kennst ihn nicht. Er kommt", behauptete Frank, der sich bemühte nicht allzu oft zu Claudia zu schauen.

„Na gut", knurrte Uwe. „Ich hab aber keine Lust noch viel länger in dieser beschissenen Stadt zu bleiben. Egal wie der Typ sich entscheidet: Ich will heim!"

Die Frau an der Rezeption sah ihn tadelnd an; die letzten Worte hatte Uwe fast geschrien. Doch dann zog eine Gestalt ihre Aufmerksamkeit auf sich, die sich durch die Drehtür auf sie zubewegte.

Die Frau hinter dem Tresen setzte gerade zu einer Bemerkung an, als Frank aufstand.

„Ist schon okay. Der gehört zu uns. Er kommt nur mal kurz mit aufs Zimmer", sagte er schnell, bevor das Hotelpersonal Michael wieder rauswarf.

„Der sieht ja wirklich aus, wie dein Zwilling", bekannte Uwe verblüfft. „Bis auf die roten Haare und die Klamotten natürlich." Er rümpfte die Nase. „Und das Parfüm ist auch nicht das Gleiche."

„Das ist der Geruch der Straße", meinte Michael lapidar. Frank legte ihm die Hand auf die Schulter. „Der meint das nicht so", wiegelte er ab und sah Uwe mit einem durchdringenden Blick an.

Uwe verzog das Gesicht. „Ich sag nur die Wahrheit."

„Was sollte das?", zischte Claudia auf dem Weg zum Aufzug.

Entweder fühlte Uwe sich nicht angesprochen, oder er ignorierte sie einfach. Jedenfalls erhielt Claudia keine Antwort.

Wie konnte ich mich eigentlich in den verlieben?, fragte sie sich und musste wieder an die Nacht mit Frank denken. Ich muss dringend reinen Tisch schaffen.

Als sie im Hotelzimmer von Uwe und Claudia waren, flüsterte Frank Michael ins Ohr. Dann verschwanden die Beiden ins Bad.

„Was ist den jetzt los?", fragte Uwe, der nichts von dem Muttermal wusste.

„Die müssen nur etwas vergleichen, dann wissen sie mit hundertprozentiger Sicherheit, dass sie Zwillinge sind", erläuterte Claudia, ohne ins Detail zu gehen.

Uwe lachte. „Was vergleichen die den? Doch nicht etwa ihren ..."

„Idiot!", fuhr Claudia ihm dazwischen.

In diesem Moment öffnete sich auch schon die Badezimmertür.

„Ich habe einen Zwillingsbruder", erklärte Frank strahlend. „Sein Muttermal ist mit meinem absolut identisch."

Michael schwieg und ließ sich in den Sessel fallen.

„Moment mal", meldete sich Uwe."Ich kapier da was nicht. Also Michaels Mutter ist nach der Geburt gestorben, sein Vater vor fünf Jahren. Franks Mutter und Vater haben wir kennengelernt. Wer sind denn nun die richtigen Eltern?"

Claudia stöhnte: „Darum geht es ja. Dass die beiden Zwillinge sind, hab ich schon immer geahnt, nur die Umstände, die damals zu einer Trennung der Beiden geführt haben sind noch unklar."

Michael saß immer noch nachdenklich im Sessel. Seine Umhängetasche hatte er auf die Beine gelegt, der durchsichtige Zylinder lag obenauf. Sein Blick war starr auf den Zauberwürfel darin gerichtet.

„Ich habe meinen Vater gehasst", murmelte er. Meine Mutter - Stiefmutter - war mir immer gleichgültig. Und doch ..."

Er brachte den Satz nicht zu Ende, musste schlucken. Dann öffnete er den Zylinder, nahm den Würfel aus seiner Verpackung, verdrehte ihn. Seine Augen füllten sich.

Michael sprang auf, warf den Zauberwürfel aufs Bett. „Ich hab sie geliebt!", brüllte er, um gleich darauf mit leiser Stimme fortzufahren. „Ich war ein Kind. Was kann ein Kind anderes machen, als seine Eltern zu lieben?"

Frank ging zu ihm, schloss ihn in seine Arme.

Claudia stand da. Innerlich aufgewühlt. Ihr fehlten die Worte.

Selbst Uwe ließ sich nicht zu einem dämlichen Kommentar hinreisen.

1985: Klärungen

Kurze Zeit später verließ Michael das Hotel. Er wollte sich noch von seinen Freunden verabschieden und am nächsten Morgen mitfahren.

„Gott sei Dank, geht es morgen schon nachhause", seufzte Uwe. Er ließ sich auf das Bett fallen.

Claudia und Frank standen unschlüssig im Raum, sahen sich an.

Uwe hob den Kopf. „Is was?", erkundigte er sich und setzte sich wieder auf.

Frank nickte Claudia knapp zu.

Oh Gott, wie soll ich es ihm nur sagen?, schoss es ihr durch den Kopf. Während du im Krankenhaus warst, haben Frank und ich miteinander geschlafen?

Frank erlöste sie. „Hör mal", fing er an. „Wir müssen dir was sagen."

Uwes Blick ging zu Claudia, die kurz die Augen schloss.

„Lasst mich raten. Ihr habt euch ineinander verliebt."

Claudia sah Uwe mit großen Augen an. Ganz entspannt saß er auf dem Bett - kein Schreien, kein Aufspringen, keine Aggression.

„Ich hab es geahnt", fuhr er fort. „Das Knistern zwischen euch war meilenweit zu spüren. Ich hatte im Krankenhaus Zeit zum Nachdenken und ließ mir einiges durch den Kopf gehen. Sogar meine eigenen Gefühle hab ich hinterfragt." Er machte eine kleine Pause. Frank sah ihn erstaunt an.

„Wahrscheinlich Nachwirkungen von dem Messerstich", vermutete Uwe. „Aber egal. Auf jeden Fall hab ich mich gefragt, warum meine Gedanken sich so oft um Jutta drehen, und nicht um Claudia."

Wie aus dichtem Nebel kamen Claudia einige Szenen wieder in Erinnerung: Uwe, der Jutta tröstete und seinen Arm um die Schultern legte; Uwe, der im Schwimmbad einen Streit wegen Jutta mit Thomas anfing; Uwe, der sich mit Thomas prügelte und dabei fast seinen Job verlor.

„Ich hab euch noch nicht erzählt, dass ich Jutta heute Morgen angerufen habe. Ich hab ihr von meiner Verletzung erzählt. Sie hat am Telefon geheult wie ein Schlosshund und mir ihre Liebe gestanden."

Eine Minute herrschte Schweigen. Keiner wusste, was er sagen sollte.

Claudia verwarf den Gedanken, Uwe jetzt auch noch von der vergangenen Nacht zu erzählen. Frank sah es wohl genauso, denn er schwieg ebenso.

„Ich denke wir sollten kein Drama daraus machen", sagte Uwe schließlich. „Wir werden sehen, was die Zukunft bringt." Er stand auf und ging zu Frank. „Wenn du willst, können wir die Zimmer tauschen. Ich geh dann in das Einzelzimmer."

Claudia spürte einen Kloß im Magen. Das fühlte sich irgendwie nicht richtig an.

Ich kann doch nicht hier mit Frank im Bett liegen, wenn ich weiß, dass Uwe nebenan im Zimmer ist, dachte sie, als sich eine zweite Stimme in ihrem Kopf meldete. Aber gestern Abend, als Uwe im Krankenhaus lag, konntest du es!

„Ist das denn wirklich okay für dich?", fragte sie und brachte ihre Gedanken zum Schweigen.

"Ich denke schon", antwortete Uwe, ging zum Schrank und warf seine Klamotten in die Reisetasche.

***

„Ich möchte ein Eisbär sein, im kalten Polar, dann müsste ich nicht mehr schrei´n, alles wär so klar", dröhnte es aus den Lautsprechern des Pandas. Der Song passte zu ihrer Stimmung, genau wie das Wetter, das sich mit Nieselregen von seiner unangenehmen Seite zeigte.

Uwe hatte sich gestern mit einem kurzen: „Bis dann", von ihr verabschiedet. Frank hatte sie bei ihrer Wohnung mit einem Kuss abgesetzt und war dann mit Michael zu seiner eigenen Bude gefahren. Franks Eltern wussten von der ganzen Hamburger Geschichte noch nichts. Er wollte sie heute Morgen anrufen und ihnen heute Abend Michael vorstellen.

Claudia war früh aufgestanden, obwohl sie erst spät in der Nacht aus Hamburg zurückgekommen waren. Sie hatte nur schlecht schlafen können; zu viele Gedanken schwirrten in ihrem Kopf. Nun war sie unterwegs, wenigstens eine Sache, die ihr auf der Seele brannte, zu regeln.

Vor Bertas Haus stoppte sie den Panda. Der Unterschied zu ihrem ersten Besuch war deutlich sichtbar. Der Garten sah jetzt fast so aus, wie alle Gärten in der Nachbarschaft.

Claudia legte ihren Kopf auf das Lenkrad.

Was will ich eigentlich hier? Berta Vorwürfe machen? Meinen Vater in flagranti erwischen? Eine Erklärung bekommen?

Claudia stieg aus. Klare Verhältnisse schaffen!

Als die Klingel ertönte, nachdem sie auf den Knopf gedrückt hatte, zuckte sie zusammen. Ihre Beine wollten sie panikartig von diesem Haus und der Konfrontation wegziehen - ihr Verstand nagelte sie vor der Haustür fest.

Schritte.

Die Tür öffnete sich.

Vor ihr stand ein Mann, den sie kannte.

Claudia schluckte.

Von drinnen erklang die Stimme von Berta Schmidt: „Schatz, wer ist da?"

Claudia drehte sich um, rannte zu ihrem Auto, startete den Motor und fuhr los.

Der Mann an der Tür mit dem pockennarbigen Gesicht sah ihr verständnislos nach. „Keine Ahnung. Ein Mädchen, das gerade wieder wegläuft", gab er weiter.

✳✳✳

Der Schock saß tief. Sie hatte mit allem gerechnet, aber nicht mit dem Gärtner, vor dem sie sich letztens noch versteckt hatte.

Berta Schmidt wechselte ihre Männerbekanntschaften anscheinend öfter wie ihre Unterhose.

Claudia schüttelte sich. Sie musste sich stark auf den Verkehr konzentrieren, um keinen Unfall zu bauen. Schließlich kam sie an der Bäckerei ihrer Eltern an. Mit gemischten Gefühlen drückte sie auf den Klingelknopf.

Die Tür öffnete sich.

„Claudia!", rief ihre Mutter. „Ihr seid schon wieder aus Hamburg zurück?" Ihr Gesicht strahlte; sie umarmte Claudia und gab ihr einen Kuss.

Was ist den jetzt los?, dachte Claudia ungläubig. So gut drauf war sie schon lange nicht mehr.

„Komm rein. Ich muss dir was erzählen", meinte sie aufgeregt und schob ihre Tochter durch den Flur in die Küche.

Dort saß ein Mann auf dem Stuhl, der Claudia irgendwie bekannt vorkam, den sie aber auf den ersten Blick nirgends einordnen konnte.

„Hallo Claudia", sagte der Glatzköpfige. „Ich erfülle deiner Mutter ihren größten Traum."

Der Irrsinn wird immer größer. Mama hat einen neuen Mann!

Bevor Claudias Gedanken sich weiter auf diesem falschen Pfad bewegen konnten, wurde sie von ihrer Mutter aufgeklärt.

„Herr Utter hat gerade Maß genommen. Ich bekomme eine neue Küche!"

Jetzt fiel ihr wieder ein, woher sie den Mann kannte: Möbel Utter, der Schreiner, der schon ihrem Vater beim Ausbau der Backstube geholfen hatte.

„Da staunst du, was?", frohlockte ihre Mutter.

Claudia verstand die Welt nicht mehr. „Aber was…?"

„Jürgen hat mich auch damit überrascht. Er hat mich in den letzten Tagen öfter überrascht", erklärte sie, tanzte durch die Küche zur Kaffeemaschine und goss dem Schreiner einen frischen Kaffee nach.

Claudia musste sich setzen. „Ich denke er brauch sein Geld für die neue Filiale?"

„Noch eine Neuigkeit. Die Filiale wird nicht gebaut. Dein Vater ist endlich zur Besinnung gekommen und verzichtet auf noch mehr Arbeit. Er will sich jetzt wieder mehr auf seine Ehe konzentrieren, hat er gesagt."

Diesen Tag muss ich im Kalender festhalten. Wenn er schon jetzt so viel Überraschungen bereithält, wie wird das dann erst heute Abend bei den Soltaus werden?

„Claudia!"

Sie drehte sich um. Dort stand ihr Vater in voller Arbeitsmontur und wischte sich das Mehl von der Nase. „Hab ich doch richtig gehört. Wie war es in Hamburg?", fragte er, nahm sie kurz in den Arm. Dann ging er zu seiner Frau und gab ihr einen Kuss. Maria Simon strahlte.

Claudia staunte. Sie konnte sich kaum daran erinnern, wann sie das letzte Mal gesehen hatte, wie ihre Eltern sich küssten.

Ihr Vorhaben, die Geschichte mit Berta und ihrem Vater ans Licht zu ziehen, wankte.

„Was ist los Papa? So kenne ich dich ja gar nicht."

„Ich hab mir in den letzten Tagen einige Gedanken gemacht", erklärte Jürgen. „Und dabei bin ich zu der Erkenntnis gekommen, dass ich deine Mutter über alles liebe und mich jetzt ändern werde", ergänzte er.

Die Situation hatte sich komplett gedreht. Claudia war sprachlos. Wahrscheinlich hatte er erkannt, dass Berta in Wirklichkeit eine Schlampe war und die Affäre mit ihr beendet.

Wie auch immer, sie hütet sich davor, das Thema anzusprechen. So glücklich hatte sie ihre Eltern seit Jahren nicht mehr gesehen!

„Tja, dein Vater scheint zur Vernunft gekommen zu sein", meldete sich Herr Utter zu Wort. „Sonst hätte sich ein Anderer um deine Mutter gekümmert", ergänzte er und zwinkerte Maria lächelnd zu.

Das hätte noch gefehlt - Mutter und Herr Utter!, dachte Claudia halb entsetzt, halb amüsiert.

Nachdem der Schreiner die Simons verlassen hatte, erzählte sie ihren Eltern von den Ereignissen in Hamburg; gedanklich war sie aber schon bei dem heutigen Abend.

Gibt es dann endlich die Auflösung des Geheimnisses um Michael und Frank, oder geht die Suche nach der Wahrheit weiter?

Claudia verbrachte den Rest des Tages bei ihren Eltern und fühlte sich seit langer Zeit zum ersten Mal bei ihnen wieder wohl. Die Veränderung ihres Vaters war erstaunlich. Seine gute Laune übertrug sich natürlich auch auf ihre Mutter, die eigentlich ein Recht darauf gehabt hätte, von der Affäre zwischen ihrem Mann und Berta zu erfahren. Doch Claudia beschloss, diese Geschichte vorerst für sich zu behalten.

Von der Bäckerei aus hatte sie am Nachmittag Frank angerufen und erfahren, dass sie sich um 19.00 Uhr bei seinen Eltern treffen sollten. Uwe und Jutta würden auch kommen.

***

Langsam fuhr Claudia die Einfahrt zum Anwesen der Soltaus hoch. Vor der Garage erkannte sie den Manta von Uwe.

Ein merkwürdiges Gefühl beschlich sie. Ganz konnte sie sich noch nicht mit dem Gedanken anfreunden, dass ihre Beziehung mit Uwe zu Ende war und eine neue mit Frank begann.

Uwe schien damit keine Probleme zu haben; er stand mit Jutta im Arm vor der Haustür bei den Eltern von Michael und unterhielt sich.

Sie blieb neben dem Manta stehen und stieg aus.

"Hallo", sagte Uwe, warf nur einen kurzen Seitenblick auf Claudia und widmete sich dann wieder seinem Gespräch mit Hans Soltau.

Franks Mutter empfing sie mit einem angespannten Gesichtsausdruck. „Ich höre gerade ihr habt ihn gefunden", bemerkte sie.

Claudias Blick blieb auf Jutta hängen, die ihn nur kurz zunickte und dann wieder wegsah. Fast kam es ihr so vor, als ob Jutta Schuldgefühle hätte, weil sie jetzt mit Uwe zusammen war.

Dabei bin ich es, die Schuldgefühle gegenüber Uwe haben müsste. Ich habe mit Frank geschlafen, als ich eigentlich noch mit ihm zusammen war.

Monika Soltau riss sie aus ihren Gedanken. „Claudia?"

„Entschuldigung. Was haben sie gesagt?"

„Ich meine den Doppelgänger von Frank. Ihr habt ihn in Hamburg getroffen."

„Michael ist kein Doppelgänger. Er ist Franks Zwillingsbruder", erklärte sie mit einer Bestimmtheit, die sie selbst erschreckte.

„Naja. Wie auch immer", erwiderte Franks Mutter, der Claudias motziger Tonfall aufgefallen war. „Frank wird gleich mit diesem Michael kommen, dann können wir uns selbst ein Bild machen."

Bevor Claudia noch einen weiteren Einwand einbrachte - ihr stieß nämlich der Ausdruck: „mit diesem Michael", sauer auf - wurde ihre Aufmerksamkeit auf das Gespräch zwischen Uwe und Hans gelenkt.

„... und dann rief mich mein Chef an und entschuldigte sich bei mir. Können sie sich das vorstellen?", hörte sie Uwe sagen. „Er hatte Thomas beim Stehlen erwischt und ihn zur Rede gestellt. Dabei kam auch alles Andere auf den Tisch. Angefangen mit dem Rauswurf von Jutta auf dem Parkplatz im Wald, über die Geschichte im Schwimmbad, bis zu der Klopperei mit mir in der Firma."

Uwe holte tief Luft. „Mein Chef kann sehr hartnäckig sein, wenn er die Wahrheit wissen will. Thomas soll nachher so klein mit Hut gewesen sein." Er zeigte zur Unterstützung seiner Aussage die Größe des zusammengestauchten Thomas mit Daumen und Zeigefinger an. „Ich soll nächsten Montag wieder zur Arbeit kommen. Er freue sich auf mich."

„Also keine Anzeige, keiner zum Verklagen?", erkundigte sich Franks Vater, und es klang fast so, als wäre er darüber traurig.

„Nein, nein. Von unserer Seite aus nicht." Er drehte den Kopf, sah Jutta in die Augen. „Im Prinzip hat er ja Jutta und mich zusammen gebracht. Und nach dem Geständnis seinem Onkel gegenüber, glaube ich kaum, dass er noch Lust hat, mich wegen seiner Schwester anzuzeigen."

Das wäre also auch geklärt, dachte Claudia.

Gerade wollte sie eine Bemerkung dazu machen, da ertönte das charakteristische Motorengeräusch von Franks Golf.

Der Wagen kam näher, stoppte plötzlich mitten in der Einfahrt und blieb stehen, bevor man die Insassen richtig erkennen konnte.

Dann gingen die Türen auf.

Claudia musste grinsen.

Michael und Frank hatten die gleiche Jeans und dass gleiche T-Shirt angezogen. Auf ihrem Kopf saß eine Baseballkappe mit dem Schirm nach hinten und versteckte ihre Haare.

Monika ergriff Claudias Arm. „Das... das... gibt es doch nicht", stotterte sie.

Hans Soltau brach sein weiteres Gespräch mit Uwe ab und starrte die Beiden an.

Auch Jutta war sprachlos. Nur die Schritte von Frank und Michael waren zu hören.

„Guter Auftritt", kommentierte Uwe lässig.

Mittlerweile waren sie nah genug, dass Claudia sie, anhand der Narbe auf der Nasenwurzel von Michael, auseinanderhalten konnte.

Frank lächelte seine Eltern an, ging zu Claudia und gab ihr einen Kuss. „Lasst uns reingehen", schlug er vor.

Michael zog die Baseballkappe ab. Seine rot gefärbten Haare leuchteten in der Abendsonne.

***

Michael hatte gerade den Bericht seines bisherigen Lebens beendet. Claudia sah ihm an, das ihn das Erzählen sehr mitgenommen hatte.

„Ich kann es immer noch nicht glauben." Monika Soltau schüttelte den Kopf. Sie hob das Glas und trank den Rest ihres vierten Sherrys. „Dass damals im Krankenhaus etwas schiefgelaufen ist, hab ich ja schon immer geahnt. Wenn ich nur an meine Besuche bei den Psychologen denke ..."

„Ich kann es auch nicht begreifen", erklärte Hans von seinem Ohrensessel aus. „Sind wir jetzt eigentlich die leiblichen Eltern der Beiden, oder nicht?"

„Ist mir eigentlich egal", sagte Frank, der gerade mit einer neuen Flasche Wasser aus der Küche zurückkam und sich wieder auf die Ledercouch neben Claudia setzte. „Ihr seid meine Eltern. Und da die Eltern von Michael tot sind, seid ihr jetzt auch seine."

„Wenn das mal so einfach wäre. Rechtlich gesehen ...", fing sein Vater an.

Frank schnitt ihm das Wort ab. „Seine Eltern - oder was auch immer sie waren - sind tot", erinnerte er ihn nochmals. „Wen interessiert da das Gesetz?"

„Mhh… so gesehen...", setze Hans an, wurde aber auch diesmal unterbrochen.

„Ich würde aber schon gerne wissen, ob ich die leibliche Mutter bin." Monika Soltau machte trotz der neuen Erkenntnisse einen psychisch stabilen Eindruck, der vielleicht auch dem Sherry zu verdanken war.

„Gab es keine Ultraschalluntersuchung, bei der eine bevorstehende Zwillingsgeburt bei ihnen festgestellt wurde?", fragte Jutta.

„Damals wurden diese Untersuchungen nur in Notfällen gemacht. Meine Schwangerschaft lief aber bis zu dem Tag der Geburt normal."

„Wir sind also so schlau wie vorher", seufzte Michael.

„Anderes Thema", sagte Hans, als er sah, wie Frank seinen Arm um Claudia legte. „Was ist mit euch beiden? Und was mich noch brennender interessiert: Wie bist du Andrea losgeworden?"

Franks Vater hatte nie einen Hehl daraus gemacht, dass er Andrea nicht leiden konnte.

„Wir haben uns in Hamburg verliebt", gab sein Sohn offen zu. „Und das mit Andrea war ganz einfach. Ich hab sie heute Morgen angerufen und ihr die Lage erklärt. Sie hat nur gemeint, es gäbe noch andere Kerle, die scharf auf sie wären. Ich solle mir also keine Sorgen um sie machen."

„Das war typisch Andrea", lachte Hans auf. „Ich konnte sie zwar nie leiden, aber ihr Verhalten hat mich oft amüsiert."

Plötzlich klingelte es an der Haustür.

Monika Soltau sprang auf. „Das wird Sabine sein. Ich hab ihr nur gesagt, dass Frank wieder da ist; bin mal gespannt, was sie zu Michael sagt."

Sie ging zur Tür und öffnete.

„Komm schon rein. Wir haben überraschenden Besuch." Monika schob ihre Freundin förmlich ins Wohnzimmer.

An der Wohnzimmertür blieb Sabine wie angewurzelt stehen. „Oh, mein Gott", krächzte sie, als sie Michael erblickte.

„Was meinst du, wie erstaunt wir waren. Geh, setz dich doch", drängte Monika.

Langsam ging Sabine weiter, immer den Blick auf Michael gerichtet. Plötzlich gaben ihre Beine nach und knickten ein. Monika konnte sie gerade noch auffangen. „Was ist los? Das nimmt dich ja mehr mit als mich."

„Schon gut", wiegelte Sabine ab, rutschte in einen Sessel. „Ich hab einen schweren Arbeitstag gehabt und war auf eine solche Überraschung nicht vorbereitet."

Claudia glaubte im Gesicht von Sabine Görg nicht nur Erstaunen ablesen zu können, sondern auch blankes Entsetzen.

Monika holte ein Glas, nahm die Sherryflasche und schenkte Sabine ein. „Trink erst mal einen Schluck", sagte sie. „Dann geht es dir bestimmt besser."

Sabine leerte das Glas in einen Zug.

„So ist gut", kommentierte Franks Mutter. Sie goss ihrer Freundin nach und setzte sich dann wieder. „Ich war auch erst schockiert, aber jetzt freue ich mich merkwürdigerweise. Ich hab neuerdings zwei Söhne."

„Auf jeden Fall besser, als einen zu verlieren", meinte auch Hans. „Du bleibst erst einmal bei uns. Franks altes Zimmer steht zu deiner Verfügung", bestimmte er, stand auf und klopfte Michael auf die Schulter.

Michael schluckte, brachte keinen Ton raus.

Hans ging weiter zum Sessel, in dem Sabine saß. Er sah sie von oben bis unten an.

„Du gefällst mir überhaupt nicht. Was ist los? Es kann doch nicht sein, dass Monika so gut mit der Tatsache, dass

Frank einen Zwillingsbruder hat, umgehen kann, während du hier sitzt, als hätte dich der Blitz getroffen."

Sabine schluchzte. Tränen füllten ihre Augen.

„Sag schon", forderte Franks Vater sie auf. „Du weißt doch etwas."

Ein Ruck ging durch ihren Körper. Der Reihe nach sah sie die Anwesenden an.

Sabine holte tief Luft.

„Ich muss euch etwas erzählen."

1965: Geburt und Tod

Sie hasste ihr Leben.

Sie hasste die Etagentoilette, von der aus sie im Bademantel die Stufen zur Wohnung wieder hochstieg. Aber am meisten hasste sie ihren Mann, der um diese Uhrzeit in der Küche am Tisch saß und eine Flasche Bier vor sich stehen hatte.

Sabine zog die Wohnungstür zu. Die Dielen knarrten unter ihren Füßen. Im Prinzip konnte sie froh sein, so eine preiswerte Wohnung mitten in der Stadt gefunden zu haben, doch das vierstöckige Altbauhaus bedurfte dringend einer Sanierung. Sie wünschte sich wenigstens eine eigene Toilette und ein eigenes Bad.

Nach einem kurzen Blick auf Horst, der durch das kleine Küchenfenster auf die Straße starrte, nahm sie die metallene Waschschüssel vom Küchenschrank und füllte Wasser ein.

Das Wasser war kalt, aber sie hatte heute Morgen keine Lust es auf dem Herd heißzumachen.

Sabine nahm sich Waschlappen, Handtuch und Seife aus dem Besenschrank. Ohne den Bademantel ganz zu öffnen, versuchte sie ihren Körper abzuwaschen.

„Pass bloß auf, dass ich dir nichts wegkucke", schnarrte Horst mit seiner Reibeisenstimme.

„Wenn du aus der Küche gehen würdest, könnte ich mich ganz ausziehen", bemerkte sie leise.

„Was hast du gesagt? Pass bloß auf, sonst fängst du dir eine."

„Pass bloß auf": die Lieblingsworte von Sabines Ehemann.

Sie passte auf - musste aufpassen - denn Horst ließ seinen Worten oft Taten folgen.

„Schon gut", flüsterte sie.

„Was ist gut? Was soll daran gut sein? Das ich meine Frau nicht nackt sehen darf?"

Wütend schlug Horst mit der Faust auf den Tisch. „Von der Aktion gestern im Bett ganz zu schweigen!"

Sabine zuckte zusammen. Sie rechnete damit, dass er jeden Moment aufstand und …

Doch er blieb sitzen, rülpste vernehmlich und setzte erneut die Bierflasche an.

Die Erinnerung an letzte Nacht drängte an die Oberfläche: Wie er sich auf sie geworfen hatte; wie er in sie eingedrungen war; wie er sie keuchend und nach Alkohol stinkend mit seinen schwieligen Händen befummelte.

Sabine hatte versucht ihre Gedanken abzuschalten, einfach nur dazuliegen und die Seele vom Körper zu trennen. So hatte sie es schon oft gemacht, doch gestern Abend gelang es ihr nicht.

„Was ist denn mit dir? Heulst du? Verdammte Hure!", hatte er geschrien, als er die Nässe auf ihrem Gesicht gespürt hatte.

Sabine schrubbte ihren Körper weiter ab. Sosehr sie sich auch mit dem Waschlappen abmühte, der seelische Dreck ließ sich nicht abwaschen.

Schließlich gab sie auf, schüttete die Schüssel aus, ging ins Schlafzimmer und zog sich an. In dreißig Minuten würde ihr Dienst im Krankenhaus beginnen. Sie musste sich beeilen.

***

„Guten Morgen Sabine."

Sie drehte sich um. Von allen Kollegen und Kolleginnen musste ihr gerade jetzt DIE begegnen.

„Wie geht es dir?", fragte Berta auf dem Weg die Treppen hoch, zum Eingang des Krankenhauses. „Sollen wir wieder mal etwas zusammen unternehmen?"

„Du unternimmst doch schon genug mit meinem Mann", hätte sie ihr entgegenschreien können, denn sie hatte schon längst von dem Verhältnis zwischen ihr und Horst erfahren. Doch im Prinzip war ihr Horst egal. Vielleicht war es sogar besser, wenn er sich ab und zu bei Berta austoben konnte.

„Nein lass mal", antwortete sie stattdessen. „Mir ist nicht nach Ausgehen", log sie.

Die Anwesenheit von Berta hatte sie eigentlich immer genossen; überhaupt fühlte sie sich in der Gesellschaft von Frauen immer wohler, als in der Gegenwart von Männern.

Während Berta weiter in ihr Büro ging, meldete sich Sabine auf der Station und fing ihren Dienst an. Schon im Aufnahmezimmer, wartete eine Überraschung auf sie.

„Monika! Ist es schon soweit?", rief sie und beugte sich zu ihrer Schulfreundin runter, die in einem der Betten lag.

„Hallo Sabine. Ich glaube ja. Die Wehen werden heftiger", antwortete Monika Soltau und hielt sich den Bauch.

In diesem Zustand sah Monika noch hübscher aus als sonst fand Sabine; Hans war echt zu beneiden.

„Wo ist dein Mann?", fragte sie und strich ihr über die Haare.

„Der ist auf dem Weg hierhin. Ich hab ihn vor einer Stunde in der Kanzlei angerufen. Du weißt ja, mit seinem Käfer kann er nicht so schnell fahren", erwiderte Monika.

Hans Soltau war schon eine gute Partie. Angehender Anwalt, angestellt bei der Kanzlei seines Vaters. Monika hätte es nicht besser treffen können, im Gegensatz zu ihr, die diesen Gelegenheitsarbeiter Horst hatte heiraten müssen, weil er sie auf einem Dorffest geschwängert hatte. Es wurde eine Fehlgeburt, aber den Mut, sich jetzt wieder scheiden zu lassen, brachte Sabine nicht auf.

Plötzlich entstand Unruhe. Türen wurden lautstark zugeschmissen, schnelle Schritte, hektische Stimmen.

„Wir müssen die Kapelle freiräumen", hörte sie die Stimme der Oberschwester über den Flur schallen.

Sabine rannte aus dem Zimmer. „Was ist los?"

Eine Kollegin, die ihr entgegengerannt kam, klärte sie auf: „Massenkarambolage auf der Schnellstraße. Wir erwarten viel Verletzte."

Sie schloss sich der rennenden Frau an, obwohl sie sich jetzt lieber um Monika gekümmert hätte.

Vor der Kapelle, die eigentlich nur aus einem Raum mit bunten Heiligenfenstern bestand, standen schon einige Stühle. Zwei Brüder aus dem angeschlossenen Kloster schleppten gerade eine Bank in den Flur.

„Alle Patienten, die nicht einer Intensivpflege bedürfen, werden in die Kapelle verlegt", befahl die Oberschwester resolut. „Ich will besonders die Aufnahmezimmer freihaben!"

Das ganze Krankenhaus glich in den nächsten Stunden einem Ameisenhaufen. Sabine wurde hierhin und dorthin gerufen. Mal half sie bei den eintreffenden Krankenwagen, mal widmete sie sich den Leichtverletzten, die nur einen Verband benötigten. Überall herrschten Trubel und Aufregung, doch trotz aller Hektik bekam der Notfalleinsatz langsam Kontur und Ordnung.

Sie stand im Hof, als der nächste Krankenwagen eintraf. Die Türen öffneten sich; zwei Rotkreuzhelfer trugen eine hochschwangere Frau raus, gefolgt von einem grobschlächtigen, glatzköpfigen Mann, der offenbar ihr Ehemann war und lauthals Befehle brüllte. „Verdammt! Nicht so tief mit der Trage! Haltet sie doch nicht so schief!"

Sabine wunderte sich. Statt sich um seine Frau zu kümmern, die aus mehreren Wunden blutete, kommandierte dieser Mensch die Helfer. Er selbst schien nicht soviel abbekommen zu haben; eine Platzwunde am Auge war alles, was Sabine sehen konnte.

„Kommen sie. Die Helfer sind dafür ausgebildet", versuchte sie den Tobenden zu beruhigen und packte ihn am Arm.

„Was soll das? Diese Pfeifen wissen doch gar nicht, was sie da tun. In meiner Kompanie müssten sie für diese falsche Trageweise strafexerzieren. Und überhaupt, was geht dich Schnepfe das eigentlich an?", schrie der Glatzkopf sie an und riss sich los.

Sabine blieb verdutzt stehen. So einen Auftritt hatte sie noch nie erlebt. Fassungslos starrte sie dem Mann hinterher, der immer noch auf die Rotkreuzhelfer einschrie.

In solchen Momenten wünschte sie sich Horst an ihre Seite, der es bestimmt nicht zugelassen hätte, wenn einer seine Frau „Schnepfe" genannt hätte. Er hätte ihm schon die passende Antwort gegeben, notfalls mit der Faust. Wenn es um seinen „Besitz" ging, kannte ihr Mann kein Pardon.

Der Fahrer des Krankenwagens kurbelte das Fenster runter. „Sie hätten den mal vorhin am Unfallort sehen sollen. Da hat er noch schlimmer getobt. Bei seiner Ausdrucksweise haben mir die Ohren geklingelt."

Sabine schüttelte ungläubig den Kopf. Mittlerweile standen noch zwei Krankenschwestern auf dem Hof, die den Fahrer fragend ansahen.

„Ich bin der Letzte mit lebender Fracht", erklärte der Mann mit Galgenhumor. „Das restliche Schlachtfeld räumen der Abschleppdienst und der Bestattungsunternehmer auf."

Sabine schluckte hart, sah ihre Kolleginnen an.

„Zurück auf die Stationen", entschied die Dienstälteste.

Sabine rannte die Treppen hoch, zurück zu ihrer Station. Die Unfallopfer wurden dort schon von den anderen Schwestern gut versorgt. Bevor Sabine neue Anweisungen von der Oberschwester erhielt, entschied sie sich dafür in der Kapelle nach dem Rechten zu schauen, da sie wusste, dass Monika inzwischen dorthin verlegt worden war.

Der Flur vor der Kapelle war jetzt zugestellt mit Stühlen und Bänken. Nur ein schmaler Gang, durch den man geradeso mit einem Krankenbett durchfahren konnte, war noch frei.

In der Kapelle standen die Betten dicht an dicht. Durch das Fenster mit dem heiligen Petrus fiel goldenes Licht und verlieh dem Raum eine unwirkliche Aura.

Als Sabine eintrat, wurde sie mit Fragen regelrecht überfallen. Die Meisten wollten wissen, wann sie wieder auf richtige Krankenzimmer gebracht werden konnten.

„Keine Sorge. Sobald sich die Lage beruhigt hat, werden wir eine Lösung finden", versprach Sabine.

Hinter ihr betrat ein Klosterbruder das Zimmer mit zwei Flaschen Mineralwasser in der Hand. „Sie können gehen. Wir machen das hier", erklärte der Mönch und stellte die Flaschen ab. „In der Kapelle sind nur die Kranken untergebracht, die schon auf dem Weg zur Gesundung sind. Ich glaube ihre Anwesenheit wird im Kreißsaal mehr gebraucht; dort gibt es Komplikationen bei einer Geburt."

Sabine erschrak, blickte sich um. Ihre Augen suchten Monika.

Soviel sie wusste, stand sonst keine Geburt bevor; abgesehen von der Frau, die eben mit dem Krankenwagen und ihrem wütenden Mann angekommen war.

Im Eiltempo legte sie die zwanzig Meter bis zum Kreißsaal zurück.

„Verdammt, was soll das? Ich will jetzt sofort zu meiner Frau!"

Vor dem Kreißsaal tobte der glatzköpfige Kerl von vorhin. Zwei Pfleger hielten ihn fest und redeten auf ihn ein.

Sabine konnte es kaum begreifen; so einen Irren hatte sie selten gesehen. Schnell zwängte sie sich vorbei und betrat den Saal.

Auf einem Bett lag die Frau des Glatzkopfs, schrie wie am Spieß. Zwei Ärzte und drei Schwestern kümmerten sich schon um sie.

„Innere Verletzungen", flüsterte eine Kollegin ihr zu. Der Arzt setzte gerade eine Narkosespritze an - dann erstarb das Geschrei. Schnell setzte er das Skalpell zum Kaiserschnitt an.

Sabine drehte sich zu dem anderen Bett um. Dort lag ihre ehemalige Klassenkameradin.

Ein Arzt und eine Schwester kümmerten sich um sie. Der Arzt hob gerade das Baby über die offene Bauchdecke und gab es der Schwester.

Sabine ging vor, assistierte dem Arzt beim Zunähen.

„Die Nabelschnur hatte sich um den Hals des Babys gewickelt", sagte der Arzt, der Sabine kannte und wusste, dass sie eine Freundin von Monika Soltau war.

Aus den Augenwinkeln beobachtete sie, wie ihre Kollegin versuchte, das Baby zum Schreien zu bewegen.

Nach einigen Bemühungen der Schwester drang endlich ein zaghaftes Quäken an ihr Ohr. Sabine atmete auf. Monikas Kind lebte.

Kurz darauf, das Loch in Monikas Bauchdecke war gerade zugenäht, tönten zwei weitere Babyschreie durch den Kreißsaal.

Die Frau im Nachbarbett hatte gerade per Kaiserschnitt, einem Zwillingspärchen das Leben geschenkt.

***

„Sabine!" Hans Soltau sprang von seinem Stuhl auf. „Wie geht es Monika? Was ist mit dem Kind?"

„Beide wohlauf", antwortete Sabine und blickte sich nach dem Schreihals um, den die Pfleger anscheinend aus dem Flur vor dem Kreißsaal entfernt hatten - hoffentlich in eine Gummizelle.

„Es wurde ein Kaiserschnitt gemacht", erklärte sie Monikas Mann, der anfing zu zittern und sich wieder setzen musste. Sabine informierte ihn über den chaotischen Vormittag und den Verlauf der Geburt seines Sohnes.

„Normalerweise wäre ich schon früher hier gewesen, aber durch den Unfall stand ich im Stau", entschuldigte sich Hans. „Kann ich sie sehen?", fragte er.

„Das Kind ist schon in das Babyzimmer gebracht worden, doch deine Frau kannst du gleich begleiten. Ich werd mal sehen, ob wir noch einen anderen Platz als die Kapelle für sie haben."

Sabine öffnete die Türen, ging zu Monikas Bett, löste die Verriegelungen und schob ihre Freundin auf den Flur.

Im Vorübergehen registrierte sie, dass die Ärzte am Nachbarbett um das Leben der anderen Frau, die soeben Zwillinge auf die Welt gebracht hatte, kämpften.

Zusammen mit Hans schob Sabine das Bett in ein Zimmer, das nur mit drei Frauen belegt war.

„Ich will bei ihr sein, wenn sie aus der Narkose erwacht", sagte Hans, schob sich einen Stuhl neben das Bett seiner Frau und setzte sich.

Sabine sah Monika an. Wie sie dalag - schlafend wie ein Engel. „Ich schau nachher noch mal rein", versprach sie.

Die Aufregung über die vielen Verletzten der Massenkarambolage wich langsam der normalen Krankenhausroutine. Einige Leichtverletzte waren mittlerweile auf weitere Krankenhäuser verlegt worden.

Plötzlich donnerte eine Stimme mitten in die übliche Geräuschkulisse: „Ich werde sie verklagen! Das kann doch nicht sein!"

Weiter vorne auf dem Flur schrie der Glatzkopf auf den Arzt ein, der vorhin den Kaiserschnitt bei seiner Frau gemacht hatte. Der Arzt ging unbeirrt weiter um die Ecke, gefolgt von dem brüllenden Irren.

Die Tür zum Kreißsaal wurde aufgedrückt. Zwei Schwestern schoben ein Bett auf den Gang. Die Bettdecke, unter der sich ein menschlicher Körper abzeichnete, war an mehreren Stellen mit Blut getränkt; eine Lernschwester kam angerannt und legte ein frisches Bettlaken über die blutige Decke.

„Sie hat es nicht geschafft", flüsterte eine Kollegin ihr zu.

„Was ist mit den Babys?", fragte Sabine, der direkt die Kinder in den Kopf kamen, die es nicht leicht haben würden - als Halbwaisen mit dem Vater.

„Denen geht es gut, sind aufs Babyzimmer gekommen", antwortete die Lernschwester und half mit, das Bett über den Gang zu schieben.

„Schwester Sabine!" Die Stimme der Oberschwester war unverkennbar.

Sabine drehte sich um und sah die ältere Frau anrauschen.

„Ich weiß, dass sie schon seit den frühen Morgenstunden hier sind, aber könnten sie noch eine Schicht übernehmen?"

Sabine überlegte kurz. Daheim wartete Horst auf sie. Sie sah ihn vor sich, wie er murrend auf sein Abendessen wartete.

„Kann ich machen", antwortete sie. „Aber mein Mann erwartet mich. Er wird sich Sorgen machen", sagte sie, obwohl sie wusste, dass das eine Lüge war: Horst machte sich nur Sorgen um sich selbst.

„Kein Problem. Ich bitte einen der Brüder aus dem Kloster darum, ihm Bescheid zu geben."

„Dann bleib ich hier. Ich möchte nur noch mal kurz nach Frau Soltau sehen", bat sie.

Die harten Gesichtszüge der Oberschwester entspannten sich etwas. „Gut. Lösen sie dann bitte in einer halben Stunde Schwester Brigitte im Babyzimmer ab."

Trotz dem anstrengenden Tag, freute sie sich auf den Nachtdienst. Besonders der bevorstehende Einsatz im Babyzimmer hob ihre Stimmung. Sabine liebte Babys.

Gutgelaunt schaute sie bei Monika vorbei, die aber noch immer schlief. Ihr Mann Hans saß dösend im Stuhl und hielt ihr die Hand.

Leise schloss sie die Zimmertür, ging zum Babyzimmer und löste Brigitte frühzeitig ab. Ihre Aufgabe bestand darin, die Babys regelmäßig zu untersuchen, zu pflegen und zu überwachen.

Insgesamt befanden sich zur Zeit fünf der kleinen Wesen im Zimmer: Zwei Kinder, die gestern zur Welt gekommen waren, die Zwillinge des Wüterichs und das Baby von Monika.

Im Moment schliefen alle. Doch sie wusste, dass dieser Zustand nicht lange anhalten würde. Sabine sah sich die Kleinen der Reihe nach an.

Die Zwillinge und das Kind von Soltaus sahen sich auf den ersten Blick so ähnlich, dass man denken konnte, man hätte es mit Drillingen zu tun.

Die friedliche, entspannte Atmosphäre blieb natürlich nicht lang. Sobald ein Kind anfing zu schreien, stimmten die anderen mit ein.

Es war schon nach zweiundzwanzig Uhr, als alle Babys versorgt waren und wieder etwas Ruhe einkehrte. Endlich konnte Sabine sich eine kleine Ruhepause gönnen. Sie setzte sich auf den Stuhl und versuchte die Ereignisse des Tages hinter sich zu lassen. Die Müdigkeit ließ ihre Augen zufallen. Krampfhaft versuchte sie sich wachzuhalten. In zwei Stunden sollte sie abgelöst werden; das hatte ihr jedenfalls die Oberschwester bei ihrem letzten Besuch im Babyzimmer versprochen.

Doch alles Ankämpfen half nichts. Sie nickte für zehn Minuten ein und wachte erschreckt auf, als eins der Babys zu wimmern begann.

Sabine stand auf und ging zu den Betten, die in einer Reihe standen. Das wimmernde Baby war schnell ausgemacht: Der Zwillingsjunge, dessen Bett neben dem Bett des Babys der Soltaus stand, war aufgewacht.

Doch Sabines Aufmerksamkeit richtete sich nicht auf das weinende Kind, sondern auf den Jungen von Monika. Entsetzt sah sie, dass der Kleine blau angelaufen war.

Sie nahm ihn heraus.

Er war schon eiskalt, bewegte sich nicht mehr.

Sabine war plötzlich hellwach. Monikas Kind ist tot!

Doch es kamen noch andere Gedanken.

Das wimmernde Zwillingskind - die Ähnlichkeit mit dem toten Baby - der verrückte Vater der Zwillinge.

Dieser Irre sollte mit zwei gesunden Babys ohne Mutter nachhause fahren, während Monika ein Kind beerdigen musste?

Die Zeit drängte, sie würde Meldung machen müssen.

Kurzentschlossen nahm sie den wimmernden Zwillingsjungen aus seinem Bettchen und legte das tote Kind hinein.

Ihre Hände zitterten, als sie auch die Namensschilder der Beiden tauschte.

1985: Liebe

Unglaublich, fand Claudia.

Mit so einer Geschichte hätte sie nicht gerechnet. Sprachlos saß sie auf dem Sofa, hielt Franks Hand und wartete darauf, dass jemand etwas sagen würde. Doch alle starrten Sabine nur fassungslos an.

Nach einer gefühlten Unendlichkeit, räusperte sich Monika. „Du willst also sagen, mein Kind ist damals gestorben und du hast es gegen einen Zwillingsjungen getauscht?", fragte sie.

Sabine nickte nur, Tränen liefen ihr übers Gesicht. „Es war so einfach", erklärte sie. „Die Babys waren sich ähnlich und das Krankenhaus arbeitete diese Nacht nur noch mit einer Minimalbesetzung. Der herbeigerufene Bereitschaftsarzt war auch schon seit vielen Stunden im Einsatz, stellte schnell einen plötzlichen Kindstod fest und informierte den Vater, der sich noch immer mit einer Klage drohend im Krankenhaus aufhielt. Als er erfuhr, dass jetzt auch noch ein Kind gestorben sei, schnappte er sich sein anderes Baby und verschwand. Ich hab ihn nie wiedergesehen."

„Davon hat er mir nichts gesagt", murmelte Michael. „Er hat nie eine Zwillingsgeburt erwähnt."

Hans schüttelte den Kopf. „Über die Gründe deines Vaters, dir nichts darüber zu erzählen, können wir nur noch spekulieren." Auch er war sichtlich ergriffen von Sabines Beichte. „Aber hattest du nicht Angst, dass man den Tausch bemerkt?", fragte er sie.

„Am Anfang ja", gestand Sabine. „Doch dann sagte ich mir, dass der Kerl mit seinem Sohn bestimmt weit weg wohnt; er war ja auch nur wegen des Unfalls auf der Autobahn hier gelandet. Eine zufällige Begegnung der beiden Zwillinge war fast ausgeschlossen. Mit den Jahren wich die Angst vollständig. Ich sah zu, wie der getauschte Junge bei euch wohlgehütet auswuchs; ja ich beteiligte mich sogar bei seiner Erziehung als Ersatzmama." Sie lächelte Frank zaghaft an. „Doch dann", fuhr sie fort, "vor einigen Jahren, nachdem ich mich von meinem Mann hatte scheiden lassen, verfiel ich in tiefe Depressionen, bekam Angstzustände. Ich wollte meine gesamte Vergangenheit auslöschen. Da ich schon wenige Wochen nach dem Tausch eine neue Arbeit in einem Altersheim angefangen hatte, war es sehr schwer zu den Akten des Krankenhauses Zugang zu erhalten; doch es gelang mir, die Papiere von 1965 aus diesem Monat zu vernichten."

Und ich hatte Berta in Verdacht, dachte Claudia. In diesem Fall ist sie total unschuldig, musste sie zugeben.

Monika Soltau stand auf, ging zu dem Sessel von Sabine, kniete sich vor sie und sah sie fragend an. „Warum? Warum hast du das getan?" Ihre Stimme zitterte, Tränen füllten ihre Augen.

„Ich wollte, dass du glücklich bist. Am liebsten hätte ich dir beide Kinder gegeben, als nur eins diesem Idioten zu überlassen." Sabines Blick ging zu Michael, als wolle sie sich dafür entschuldigen, kehrte dann zu der, noch immer vor ihr knienden Monika, zurück. „Du warst nicht nur eine Freundin für mich." Sie machte eine kurze Pause, holte Luft. „Ich… ich liebe dich!"

1985: Silvester

„Die sehen sich wirklich verdammt ähnlich", meinte die Kollegin von Hans.

Frank und Michael standen zusammen an der Bar im Wohnzimmer der Soltaus. Das gesamte Zimmer war für die Silvesterparty hergerichtet. Die zahlreichen Gäste bedienten sich schon fleißig am kalten Büffet.

„Ja. Verblüffend", kommentierte Hans. „Man sollte nicht glauben, dass sie nur Cousins sind."

Claudia, die bei Franks Vater und seiner Kollegin stand, wunderte sich wiederholt darüber, dass Hans so überzeugend lügen konnte. Sie hatten sich alle darauf geeinigt, die Geschichte mit dem Zwillingstausch nicht an die große Glocke zu hängen. Michael wurde einfach als Cousin vorgestellt, der für einige Zeit bei den Soltaus wohnen würde.

„Ich geh mal zu ihnen", sagte Claudia und schob sich durch die Gäste bis zur Bar vor. Frank lächelte sie an, gab ihr einen Kuss.

„Das kitzelt", meinte sie. Er hatte sich einen Oberlippenbart wachsen lassen, damit die Ähnlichkeit mit Michael nicht allzu offensichtlich war.

„Bei mir kitzelt nix", mischte sich Michael ein, der seine Haare ganz kurz geschoren hielt, und spitzte die Lippen.

Claudia lachte. „Hättest du wohl gerne?"

„Man kann es ja mal versuchen", antwortete Michael und zog einen Schmollmund.

Seit er wieder eine Familie hat, hat er sich um 180 Grad gedreht, dachte Claudia.

Michael wohnte in Franks altem Zimmer, machte das Abitur nach.

Die Musik wechselte. Zwar wurden auf den Wunsch von Hans Soltau meist alte Beatles Songs gespielt, doch der DJ hatte die Anweisung, auch mal ein paar Titel für die jüngeren Partygäste aufzulegen. „Doctor, Doctor" von den Thompson Twins lag jetzt auf dem Plattenteller.

Plötzlich legte sich eine Hand auf Franks Schulter. „Na, da läuft ja gerade das richtige Lied für unseren Medizinstudenten", behauptete eine männliche Stimme.

„Und auch noch so ein passender Bandname", fügte eine weibliche Stimme halblaut hinzu.

„Uwe! Jutta!", begrüßten Frank und Michael die Neuankömmlinge mit Handschlag. Claudia umarmte ihre Freundin, nickte Uwe zu und quetschte Jutta nach Neuigkeiten aus. Seit dem denkwürdigen Abend von Sabines Beichte, hatten sie sich nur selten getroffen.

„Viel Neues gibt es eigentlich nicht zu berichten", gab Jutta zu. „Ich bin immer noch glücklich mit Uwe. Aber sag mal: Wie geht es Monika und Sabine?"

„Franks Mutter hat einige Zeit gebraucht, um zu akzeptieren, dass ihr leiblicher Sohn ein paar Stunden nach seiner Geburt gestorben ist. Aber mittlerweile sieht sie sogar Michael als ihren Sohn an. Du solltest mal sehen, wie sie ihn verwöhnt. Sie scheint richtig froh zu sein, dass wieder jemand im Haus ist, um den sie sich kümmern kann", berichtete Claudia und bestellte sich bei der Frau hinter der Bar einen blauen Engel.

„Und? Was ist mit Sabine?", hakte Jutta nach.

Nach ihrer Beichte hatte Sabine einen Nervenzusammenbruch erlitten. Zuviel Vergangenes war auf sie eingestürmt.

„Sie wollte heute nicht kommen, ist aber auf dem Weg der Besserung. Sie geht zweimal die Woche zum Psychologen und akzeptiert langsam, dass sie eigentlich auf Frauen steht", erklärte Claudia.

***

Der Abend näherte sich seinem Höhepunkt. Nur noch wenige Minuten bleiben von 1985.

Das war schon ein verrücktes Jahr, dachte Claudia. Ich bin mal gespannt, wie das Neue wird.

Frank hatte seinen Arm um sie gelegt, hielt sein Sektglas fest, um mit ihr anzustoßen. Alle Gäste starrten auf den Fernseher, auf dem jetzt der Countdown zum Neujahr lief.

In wenigen Sekunden sollte das Jahrzehnt in seine zweite Halbzeit gehen.

„10 - 9 - 8 - 7 - 6 - 5 - 4 - 3 - 2 - 1 ...“

ENDE